소울푸드, 내 영혼의 양식

「이 도서의 국립중앙도서관 출판시도서목록(CIP)은 e-CIP홈페이지(http://www.nl.go.kr/ecip)와 국가자료공동목록시스템(http://www.nl.go.kr/kolisnet)에서 이용하실 수 있습니다.(CIP제어번호: CIP2012001444)」

소울푸드, 내 영혼의 양식

초판 1쇄 인쇄 2012년 4월 17일 ∣ **초판 1쇄 발행** 2012년 4월 23일
지은이 케이트 키픈버거 ∣ **옮긴이** 조은 ∣ **그린이** 한혜영 ∣ **펴낸이** 한혜경 ∣ **펴낸곳** 도서출판
이채 ∣ **주소** 135-100 서울특별시 강남구 청담동 68-19 리버뷰 오피스텔 1110호 ∣ **출판등록**
1997년 5월 12일 제 16-1465호 ∣ **전화** 02)511-1891, 512-1891 ∣ **팩스** 02)511-1244 ∣ **e-mail**
yiche7@dreamwiz.com

Original title: Soul Food_Recipes for a happier life by Kate Marr Kippenberger
Copyright ⓒ 2004 Kate Marr Kippenberger and Exile Publishing Co.
published by arrangement with Exile Published Co.
P. O. Box 60-490, West Auckland, New Zealand
All Right Reserved.
Korean Book/Cassette Copyright ⓒ 2004 Yiche Publishing Co.
through Inter-Ko Book Library Service, Inc.

Original title: Soul Food for the Heart by Kate Marr Kippenberger
Copyright ⓒ Creative Harmony Ltd. 2007
published & produced by arrangement with Exile Published Co.
P. O. Box 60-490, Titirangi, West Auckland, New Zealand
All Right Reserved.
Korean Translation Copyright ⓒ 2007 by Yiche Publishing Co.
through Inter-Ko Book Library Service, Inc.

978-89-88621-93-6 03840
＊ 값은 뒤표지에 있으며, 잘못된 책은 바꿔 드립니다.

소울푸드, 내 영혼의 양식

케이트 키픈버거 지음 | 조은 옮김 | 한혜영 그림

이채.

목 차

1장 소울푸드, 내 영혼의 양식

2장 마음을 치유하는 소울푸드

1 장

·

소울푸드,
내 영혼의 양식

하나.
내가 느끼는 나

·

Soul Food : Recipes for a happier life

행복

·

Happiness

무엇이 나를 행복하게 만들어 주는지에 초점을 맞추는 대신
행복이 무엇인지 생각해 보세요.
우리는 대개 특정한 목표를 성취하면
행복이 찾아오리라 상상하지요.
하지만 행복은 외부의 요소에 달려 있지 않아요.

전적으로 우리 자신 안에 있으니까요.

나 자신과 나를 둘러싼 세상에 대한 태도를 변화시킴으로써
매 순간 행복을 창조해 낼 수 있습니다.
성공해야만 행복이 찾아올 거라 생각한다면
실망하게 될지도 몰라요.
언제든 행복이 피해갈 수도 있으니까요.

하지만 나 자신이
행복을 만들어 낼 수 있다는 것을 깨닫게 된다면

행복은 언제나 나와 함께 있을 수 있습니다.

하지만 행복은 외부의 요소에 달려 있지 않아요.
전적으로 우리 자신 안에 있으니까요.

걱정

·

Worry

어떻게 할 수 없는 것을 두고 걱정하지 마세요.
할 수 있는 일이 아무것도 없는데 걱정을 해 봤자
공연히 스트레스만 받게 될 뿐이니까요.
내가 어쩔 수 없는 것 때문에
스트레스를 받을 이유가 없습니다.
걱정만 하는 건 에너지 낭비에 불과해요.

오늘 내게 어떤 걱정거리가 있는지를 살펴보세요.

그런 다음 그 걱정거리가
내가 어쩔 수 없는 것들이어서
그냥 잊어버려야 할지,
아니면 손을 쓸 수 있는 부분에 대해서
구체적인 행동 계획을 세울지를 결정하세요.

자기애

Self-Love

할 수 있는 일 중에서 가장 중요한 것은
지금의 모습 그대로 나를 사랑하는 겁니다.

좀 더 부지런해지고
좀 더 날씬해지고
짜증을 덜 내고
더 사랑스러워질 때까지,

나 자신에 대해 달라졌으면 하는 바람이 이루어질 때까지
스스로를 사랑하기를 미루지 마세요.
지금도, 그리고 미래에도 절대로 완벽할 수는 없어요.
지금 끙끙대고 씨름하고 있는 건 피할 수 없는 것들이에요.
그러니 결점을 끌어안고 지금의 모습 그대로
나 자신을 사랑하세요.
그러면 마음에 들지 않아 하던 부분이
저절로 해결되어 가는 것을 발견할 수도 있으니까요.

"오늘 무슨 일이 생기든 침착하고 신중하게 처리할 거야."

마음의 평정

Calm

나 자신에게

　　"오늘 무슨 일이 생기든
　　침착하고 신중하게 처리할 거야"

라고 말해 보세요.

천천히 시간을 들여 어떤 반응을 보일지 생각하게 되면
보다 효과적인 반응을 보일 가능성이 높아질뿐더러
그 순간의 진가를 보다 잘 알게 될 확률이 높죠.
어떤 반응을 할 때
감정을 덜 앞세울수록 더 많은 것을 '볼' 수 있어요.
그 결과 매 순간 더 많은 것을 얻게 되죠.

사랑

Love

사랑하는 누군가를 생각해 보세요.
시간을 내서 내가 왜 그 사람들을 사랑하는지,
그것이 어떤 느낌을 주는지 생각해 보세요.
나의 삶에서 그 사람들이 존재한다는 것이
얼마나 큰 기쁨인지 생각해 보고
그 기분을 전달해 주세요.

우리는 생각은 자주 하지만
상대방에게 말하는 데는 소홀하지요.

내가 사랑하는 사람이
얼마나 대단한 존재인지
생각해 보고 이야기하세요.

그러면 내가 사랑하는 사람이 기쁨을 느끼게 될 거예요.
나 역시도 무척 행복할 테고요.

외모

Appearance

스스로의 외모에 만족하세요.
외모는 내 일부이니까요.

내 외모에 대해 내가 어떻게 생각하는지가
나의 삶에 큰 영향을 미치게 됩니다.
스스로에 대해 어떻게 느끼는지는
만나는 모든 사람들에게 확실히 드러나게 마련이거든요.
다른 사람들에게는
나 스스로에 대해 품고 있는 생각이
나의 외모보다도 더 큰 영향을 미칩니다.
행복하며 스스로에 대해 만족하고 있다면
그 에너지가 다른 사람들에게 긍정적인 영향을 주게 되지요.

그러니 다른 사람들이
부정적인 낌새를 보인다고 해도
그걸 외모 탓으로 돌리지 마세요.

오히려 나의 느낌에 대한
무의식적인 반응일 가능성이 더 크니까요.

힘

·

Power

어떤 사람이 일부러 괴롭히거나 못살게 굴고 있다면
내가 보이는 반응에 따라 힘을 갖는 사람이 정해집니다.
상대가 무슨 짓을 하려든 간에
그 사람은 내 반응을 통제할 수는 없어요.
내게 영향을 미치도록 놔두지 않는다면
내게 어떤 영향력도 행사할 수 없는 것이죠.

하지만 부정적으로 반응하게 되면
그 사람들은
자기들이 내게 영향력을 끼칠 수 있다는 것을 알게 되고
그런 짓을 그만두지 않을 거예요.
이 점을 기억하세요.

"세상 누구도 나를
기분 나쁘게 할 힘을 가지지는 못해."

"세상 누구도 나를 기분 나쁘게 할 힘을 가지지는 못해."

기분

•

Moods

인간으로서, 우리의 기분은 끊임없이 바뀝니다.
기분이 좋을 때는 삶이 멋진 것 같다가
언짢을 때는 사는 게 끔찍하게 느껴지지요.
사실 그때그때 삶이 확 나빠지거나 좋아지지는 않아요.
달라지는 건 한 가지,
나의 시각뿐이죠.

그러니 기분이 좋지 않을 때 드는 생각들을
지나치게 진지하게 여기지 말아야 해요.
그저 기분의 결과라는 것을 깨닫는 것이 중요하죠.

오늘 기분이 별로 좋지 않다면
무엇 때문인지 한번 살펴보고,
한동안 그 일에 대해서는
생각 자체를 멈춰 버리세요.

이성

Intellect

때로는 문제를 해결하는 데 이성이 방해를 하기도 합니다.
문제에 직면하면 뇌가 과도한 활동을 하기도 하죠.
실제로 뭔가를 해 보거나,
아직 일어나지 않은 일이라면 잊어버리는 편이 나아요.

그러니 만약 어떤 문제를 두고 몹시 걱정하고 있다면,
아무리 생각을 많이 해도
문제를 해결할 수는 없다는 걸 인정하고,
행동을 취하거나 아니면

그냥 한쪽으로
밀어놓아
두세요.

오래 행복하고 건강하게 살고 싶다면 스트레스 수치를 잘 관리해야 합니다.

짜증
.

Irritability

오래 행복하고 건강하게 살고 싶다면
스트레스 수치를 잘 관리해야 합니다.
자신이 스트레스를 받고 있다는 것조차
알지 못하는 사람들도 있어요.
특히 오랫동안 스트레스를 받아 온 경우라면
더욱 그렇지요.
계속적으로 스트레스를 받게 되면
우리의 몸은 '혹사' 상태에 빠지고 손상을 받게 됩니다.
이런 상태가 오랫동안 지탱되지는 못하지요.

짜증을 잘 내는 것은
스트레스를 받을 때 나타나는 첫 번째 증상이에요.
짜증이 잘 난다면 그 원인이 무엇인지 생각하고
해결할 수 있는 방법을 찾아보세요.

우리의 자연스런 상태는
짜증이 아니라 행복감을 느끼는 것이니까요.

긍정적인 생각들

생각이란
긍정적이거나 부정적인 에너지에 덧붙어
우리를 둘러싼 세계에 영향을 미치는
에너지의 한 형태입니다.

오늘 당장,
세상을 좀 더 나은 곳으로 만들 수 있다는 생각을
발산시켜 보세요.
나의 생각이 주위의 세계로 뻗어나가
내가 알지 못하는 사람들에게까지
긍정적인 영향을 미친다고 상상해 보세요.

세상 모든 사람이
긍정적인 생각을 발산시키는 데 집중한다면

이 세상은 어떤 곳이 될까요?

상상력

Imagination

우리의 잠재적 가능성을 발견하려면 상상력이 필요합니다.
상상력은 온갖 가능성과 기회를 생각하고 깨닫게 해 주죠.
상상력이 없다면
우리는 이미 알고 있는 것에만 갇혀,
늘 같은 일만 반복할 뿐
새로운 경험을 할 기회를 모두 잃은 채
하루하루를 살아가게 될지도 모릅니다.

상상력을 발휘한다면
우리 모두를 위해 존재하는 무한한 가능성에
나 자신을 활짝 열어 놓는 셈이지요.

책임

Responsibility

좋은 일이든 나쁜 일이든 간에,
당신 때문에 일어난 일에 대해 책임을 질 만큼은
자기 자신에게 정직해야 합니다.
어떤 이들은 일이 잘되면
자기가 잘해서 그렇게 되었다고 하고,
나쁜 일이 생기면 다른 사람 탓을 합니다.
또 어떤 이들은 그 반대로 행동하기도 합니다.
이런 시나리오 그 어느 것도 사실과는 거리가 멀지요.

사실 우리는
우리 인생의 좋은 경험, 나쁜 경험 그 모두에
어느 정도 책임이 있습니다.

우리가 겪었던 좋은 경험들을 생각하며,
우리 자신에 대해 스스로 자랑스러워할 필요가 있으며,
또한 부정적인 경험에서 얻은 지혜를
되새겨 보아야 합니다.

우리가 겪었던 좋은 경험들을 생각하며,
우리 자신에 대해 스스로 자랑스러워할 필요가 있습니다.

즐거움

Cheerfulness

때로는
우리가 하는 일로 스스로를 행복하게 만들 수 있어요.
불행하다고 느낀다면
좀 더 쾌활하게 이야기하고
좀 더 즐거운 단어를 사용하고
얼굴 근육을 이완시켜
미소를 지어서 기분을 바꿔 보세요.

마음에 마술을 걸어
나 자신을 즐겁다고 믿게 만들면
얼마나 쉽게
행복하고 즐거운 기분을 갖게 되는지 깨닫고
깜짝 놀라게 될 거예요.

지금 기분이 좋지 않다면
밖으로 보이는 행동을 바꿔 보고
어떤 결과가 일어나는지 한번 살펴보세요.

진실

Truth

스스로에게 진실하세요.
무엇을 할 때는

**남들을 기쁘게 하기 위해서가 아니라
내가 하고 싶기 때문에 해야 합니다.**

때로 우리 자신에게 진실하다는 건
자신이 믿는 것을 열심히 주장하거나,
전에는 부정적인 반응이 나타날까 두려워서
아무 말 하지 못하던 것에 대해서
목소리를 높이는 것을 뜻하기도 해요.

우리는 우리 자신의 신념에 따라 행동할 책임이 있어요.

둘.

사람들 사이에서의 나

•

Soul Food : Recipes for a happier life

관계

·

Relationships

두 사람이 서로 성장할 수 있도록 허용할 때
최상의 관계가 이루어집니다.

이 말은 혼자서 시간을 보내거나
상대가 같이 하지 않는 취미 생활을
혼자서 해야 한다는 뜻이 될 수도 있어요.

관계에서 문제가 불거졌을 때
관계를 정리하고 달아나 버리는 건 아주 쉬운 방법입니다.
하지만 맞닥뜨리는 문제가 무엇이든 간에
우리는 그 속에서 나 자신과 다른 사람에 대해서
알 수 있는 기회를 얻게 되죠.
그냥 달아나 버린다면 배울 수 있는 건 거의 없어요.
효과적으로 문제를 해결하는 법을
배우지 못한 채 관계를 끝내 버리면
앞으로의 관계에서도 같은 문제에 직면할 수 있어요.
문제가 발생하고 그것을 해결하는 속에서
건강한 관계가 만들어집니다.

기대

·

Expectations

행복을 유지하는 가장 좋은 방법은
남들에 대한 기대를 줄이는 거예요.

내가 기대한 방식대로 행동하지 않기 때문에
불행한 느낌을 맛보는 경우가 얼마나 많은가요.
대개 남들은
내가 어떤 기대를 갖고 있는지 모른다는 게 문제입니다.
그러니 혹시 내 기대에 맞춘 행동을 한다고 해도
그것은 아마도 우연의 일치겠죠.
내 가족과 친구들이 내 기대에서 자유롭게
스스로의 삶을 살도록 해야 합니다.
나 역시 남들의 기대에서 자유로운 삶을 살아야 하지요.
지금 나는 어떤 기대를 갖고 있나요?
이렇게 생각해 봅시다.

'이런 일이 일어난다면 정말 좋겠지만
그걸 기대하지는 않겠어.'

내가 가장 의지하는 대상은 바로 나 자신이어야 한다는 걸 명심하세요.

의존

·

Dependence

내가 가장 의지하는 대상은
바로 나 자신이어야 한다는 걸 명심하세요.

만약 감정적으로 다른 사람에게 의지한다면
나의 행복은 불안정해집니다.
다른 사람의 행동에 따라 좌지우지될 테니까요.
주는 것과 받는 것 사이에 균형이 있을 때에만
효율적인 관계를 유지할 수 있어요.

두 사람 각자가 다른 사람에게 의존하지 않는
하나의 '온전한' 존재라면
관계에서 보다 자유로울 수 있게 되죠.

마음 열기

•

Openness

커뮤니케이션이야말로
효율적인 관계의 열쇠입니다.

상대방이 화나게 할 만한 일을 한다면
말싸움을 하지 말고 차분하고 애정 어린 말투로
이야기를 해 보세요.
감정을 억누르게 되면
관계에서 다른 문제가 불거질 수 있어요.

서로의 입장을 이야기하다 보면
일부러 화나게 만들려고 그런 것이 아니라는 걸
알 수 있게 될 거예요.

관점

·

Points of View

오늘 만나는 사람들은 모두가
나와 다른 관점을 가질 수 있다는 점을
명심하세요.

설령 내 의견에 동의한다고 해도
시각은 서로 다를 수 있어요.
같은 상황이라 해도
서로 다른 눈을 통해서 보고 있기 때문이죠.

우선 다른 사람의 시각을 이해하려는 노력을 한 뒤
상대가 나의 관점을 이해할 수 있도록 설명하세요.
이런 방식으로 접근하면
상호작용의 가치가 높아질 수 있습니다.

감사하기

·

Appreciation

살아가면서 감사할 만한 사람들을 떠올려 보세요.
그리고 오늘 당장 고백해 보세요.

남들이 베풀어 준 것에 대해 감사하는 마음을 느끼지만
이야기할 기회를 얻지 못할 때가 많습니다.
'감상적'이라고 생각할까 두려운 마음이 들기도 하고,
시간이 지날수록 감사하는 마음을 표현하는 것을
잊기도 하죠.
대개의 우리는 칭찬을 주고받는 것에 익숙하지 못합니다.

바로 오늘,

·

감사하는 마음을 고백해 보세요.

·

혹시 나에게 이런 일이 일어난다면,
그 칭찬을 감사한 마음으로 받아들이는 것도
잊지 마세요.

살아가면서 감사할 만한 사람들을 떠올려 보세요.
그리고 오늘 당장 고백해 보세요.

베풀기

·

Giving

갖고 싶은 것을 받을 수 있는 가장 확실한 방법은
먼저 다른 사람에게 주는 것입니다.

친절이나 존중, 사랑을 바란다면
먼저 베푸세요.

우리는 필요하다고 느끼는 것을 받을 생각으로
일종의 게임에 의존하는 경우가 적지 않습니다.
예를 들어, 사랑을 보여주지 않으면 화를 내기도 하죠.
하지만 이렇게 화를 '주게' 되면
내가 바라는 사랑은 결코 받을 수가 없어요.
사랑이 분노에 대한 자연스러운 반응은 아니니까요.

내가 뭘 필요로 하는지를 확실히 안 다음
게임을 하기보다는 먼저 주려고 노력하세요.

가정

·

Assumptions

다른 사람이 무슨 생각을 하는지 안다고
지레짐작해서는 절대 안 됩니다.
우리는 상대의 부정적인 반응을 보고
내가 한 어떤 일 때문일 거라고 상상할 때가 적지 않죠.
이런 생각은 부정적인 반응을 낳고
우리 머릿속에는 이런 생각이 자리 잡기 시작합니다.
'그냥 그런 것뿐인데 뭘 저런 반응을 다 보인담!'
실제 상황은
내가 상상하는 것과는 다를 수 있는데도 말이죠.

"가정"이란
어떤 사건에 대한 나의 해석에 지나지 않는다는 걸
꼭 기억하세요.

자기 감정을 책임지는 데 익숙하지 못한 사람은
자신의 감정을 다른 사람의 탓으로 돌리기 쉽습니다.

남 탓하기

자기 감정을 책임지는 데 익숙하지 못한 사람은
자신의 감정을 다른 사람의 탓으로 돌리기 쉽습니다.

이런 성향은 버릇이 되기 쉽지요.
다른 사람들의 행동이 내게 어떤 영향을 미쳤는지를
이야기해 보아야 할 때가 있기는 하지만
사실 우리는
생각의 직접적인 결과인
우리의 행동대로 느끼게 마련이에요.

그러니 나의 감정을
남의 탓으로 돌리는 버릇에 빠져들기 전에
나의 생각이 어떤 역할을 하고 있는지
먼저 살펴보세요.

기억들

Memories

우리는 살아가면서 나 스스로를 위해
내게 긍정적인 영향을 준 이들과 사건에 대한 기억을
만들어 냅니다.

이런 기억의 힘은 막강해서
머릿속에 떠올릴 때마다 위안과 행복이 찾아오죠.
주위 환경이 변하거나 그 사람이 주위에 없을 때에는
특히 도움이 됩니다.
누군가 다른 사람이 갖고 있는
나에 대한 기억도 긍정적이어서
내가 곁에 없을 때 나를 떠올리며 기쁨을 느낀다면
행복하지 않을까요?

바로 지금 다른 누군가에게

긍정적인 기억을 만들어 줄 수 있도록

뭘 할 수 있는지 생각해 보세요.

발자취

History

과거에 어떻게 행동했는지로 다른 사람을 규정하지 마세요.
지금까지 어떤 특정한 방식으로 행동해 왔다고 해서
다음번에도 그렇게 하리라는 법은 없습니다.
혹시라도
'저 사람은 보나마나 이런 반응을 보일 테니
이런 말 못하겠어'라고
생각하고 있다면

마음을 열어 보세요.

그러면 즐거운 놀라움을 경험하게 될 테니까요.

귀를 기울이면……

귀 기울이기

·

Listening

다른 사람의 말을 열심히 듣는 것은
무척 귀중한 능력입니다.

......

귀를 기울이면

상대가 내게 중요한 존재라는 것을 알릴 수 있고,
이렇게 하다 보면
자세한 대화 내용을 잘 기억할 수 있으므로
상대의 중요성을 훨씬 증대시키는 결과를 가져 오죠.

그러니,
오늘 한번 다른 사람의 이야기에 열심히 귀를 기울이고,
나와 대화를 나눈 사람에게
어떤 긍정적인 효과가 나타나는지 살펴보세요.

용서

Forgiveness

용서할 수 있는 능력은
살아가면서 긴요한 생활 기술입니다.
미워하는 마음을 품고 있을 때
그 때문에 고통을 당하는 사람은
바로 나입니다.
정적인 생각과 감정을 지니고 사는 사람은
바로 나이니까요.

용서를 하는 행위는
주변 환경을 둘러싼 온갖 부정적인 생각들로부터

마음을 자유롭게 해 줄 수 있어요.

이 사람만은 용서할 수 없다는 생각이 드는 사람이 있다면
그 사람이 바로 가장 먼저 용서를 해 주어야 할 사람입니다.

용서하겠다는 결단을 내리세요.
그러면 모든 것이 절로 해결될 테니까요.

용서하겠다는 결단을 내리세요.
그러면 모든 것이 절로 해결될 테니까요.

용기

·

Courage

오늘부터는 내가 하고 싶은 것들을 하는 데
집중하세요.
나 자신을 위해 이런 결정을 내릴 수 있는 사람은
바로 나뿐이에요.
그래도 왠지 그렇게 '해야' 될 것 같아서 무슨 일을 하거나
남들이 어떻게 생각할지 걱정을 하고 있는 스스로를
어렵지 않게 발견할 수 있을 거예요.
내가 하고 싶은 일을 하려면
용기가 필요하지만
그렇게 할 때에야만 진정한 행복을 얻을 수 있어요.

남의 기대를 충족시키느라
나 자신의 필요를 저버린다면
결코 행복해질 수 없을 겁니다.

나의 필요

Needs

나를 위해 무언가를 하는 데
하루 중에서 얼마나 되는 시간을 쓰고 있나요?

나의 삶에서 가장 중요한 사람은 바로 나예요.
세상 그 누구도 내가 할 수 있는 만큼
나의 필요에 주의를 기울일 사람은 없어요.
그 어떤 순간에도,
내게 무엇이 적합한지 아는 사람은
아무도 없습니다.

나에게 필요한 것이 무엇인지,
그 필요를 채우기 위해
어떤 조처들이 필요한지를 깨닫는 것은
전적으로 내게 달린 일이에요.

다른 사람에게 의지하지 않고
나 자신의 행복에 책임을 지면
다른 사람들도 그렇게 하도록 도움이 될 수 있어요.

셋.

나의 바깥세상

·

Soul Food : Recipes for a happier life

변화

Change

변화란
불가피하다는 사실을 받아들이세요.

변화를 받아들이거나,
아니면 변화를 거부한 채 그 결과에 따른 고통을 받거나
둘 중 하나입니다.

변화는 수많은 교훈과 성장의 기회를 제공해 주죠.
설령 익숙하고 편안한 곳에서 밀려 나와
전혀 다른 식으로 어떤 일을 해야 한다고 해도
그렇다고 해서
상황이 좋지 않은 쪽으로 흘러가고 있다는 뜻은 아니에요.

변화의 결과로 얻게 되는 교훈은
삶을 향상시킬 수 있습니다.

결국 다 잘될 거라는 믿음을 가지세요.

변화의 결과로 얻게 되는 교훈은 삶을 향상시킬 수 있습니다.

논쟁

•

Battles

싸워 쟁취할 가치가 있는 것들이 있을 수 있어요.
하지만 수많은 상황에서 논쟁은
그저 에너지 낭비에 불과합니다.
다른 사람이 내 생각과 다르다는 이유 때문이 아니라

   내 신념이 위협당할 때 맞서 싸우는 것이 중요해요.

남들이 내 신념을 받아들이리라는 희망으로
논쟁을 하게 되면
맺고 있는 관계에 긴장을 불러일으킬 수 있습니다.
다른 사람들이 나의 신념을 존중해 주기 바란다면

   나 역시
   다른 이들의 신념을 존중해야 합니다.

고난

Burdens

우리는 너무도 자주
삶에서 겪는 고난에 초점을 맞추어
이런 고난이 사라졌으면 하고 바라곤 합니다.

하지만 문제란,
나 자신에 대해서
뭔가를 가르쳐 주려고 다가오는 것이죠.

삶에서 고난을 몰아내거나
고난을 대하는 나의 태도를 바꾸는 것으로
내게 찾아온 고난을 극복하려는 노력을 한다면
그러느라 기울이는 노력보다
훨씬 더 큰 만족감을 느낄 수 있을 거예요.

그러니 삶의 고난과 맞서겠다는 선택을 하고
그러기 위해서 무엇을 해야 할지 결정하세요.
그 어떤 노력을 기울이든 훨씬 큰 성취감으로
보답을 받게 될 것을 생각하면서요.

왜 월요일은 금요일처럼 좋아하지 않는 걸까요?

월요일

Mondays

때로는 대부분의 사람들이 부정적으로 생각한다는 이유로
나 역시 덩달아 부정적으로 생각하는 것들이 있습니다.

예를 들어, 왜 월요일은 금요일처럼 좋아하지 않는 걸까요?
대개의 우리는 월요일에 기분이 처집니다.
주말이 끝났기 때문이죠.
하지만 월요일은 기회와 잠재적인 환상적인 경험이 가득한
한 주의 시작을 의미하기도 해요.
이렇게 생각해 본다면
금요일은 소중한 삶 속의
또 다른 한 주의 끝을 의미하게 되죠.
그러니

하루하루를 즐기면서
삶·을·최·대·한·활·용·하·세·요·!

결과

Consequences

좋든 나쁘든, 의도했든 그렇지 않든 간에,
모든 행동에는 결과가 따르게 마련입니다.
내가 하는 행동이
어떤 결과를 가져오게 될지 확실히 알기란 불가능하죠.
하지만 깊이 생각해 보고 여러 가지를 고려해 본다면
나의 의도에 대해서만큼은 확신할 수 있을 거예요.
내가 하는 행동이
가능한 한
최선의 의도를 따른 것이라는 사실을 알고 있다면
결과에 상관없이 최선을 다했다고 자부할 수 있죠.
아무 생각 없이,
아니면 남에게 상처를 입히려는 의도를 가지고 행동한다면
내가 한 일이
부정적인 결과를 낳는 데 한몫을 했다는 생각을
떨쳐 버릴 수 없을 거예요.

이미 벌어진 일을 바로잡기보다는
나의 행동을 수정하는 편이 훨씬 쉬운 법입니다.

현재

The Present

이 순간을 귀중하게 여기며 살아가는 것이야말로

영혼을 풍성하게 하기 위해 할 수 있는
가장 영향력 있는 일들 중 하나입니다.
내일 무슨 일이 일어날까나
어제 일어났었던 일에만 골몰한다면
지금 이 순간 삶이 주는 것을 놓치는 셈이에요.
관심을 현재에만 제한하게 되면
스스로를 불행하게 만들 가능성이 높은 습관적인 생각을
차단할 수 있어요.

현재를 살아가려면
지금 하고 있는 일의 세부사항에
온 관심을 쏟으세요.

어떻게 보이는지, 어떤 냄새가 나는지, 어떻게 들리는지,
어떻게 느껴지는지에 주목하세요.
내가 어떤 기대를 갖고 있는지를 깨닫고
그것을 현재에 집중하기 위한 하나의 계기로 삼아 보세요.

문제를 너무나 골똘히 생각한 나머지
실제보다 더 큰 문제로 부풀리는 경우가 있습니다.

문제

Problems

때로는 오랜 시간 동안
내가 가진 문제를 너무나 골똘히 생각한 나머지
실제보다 더 큰 문제로 부풀리는 경우가 있습니다.

예를 들어, 내 삶에서 커다란 문젯거리로 생각되는,
그래서 나를 아주 힘들게 만드는 사람이 있을 수 있어요.
그 사람이 이렇게 변해 주었으면 하고 바라며
너무도 많은 시간을 보내고 있기 때문이죠.
이런 사람을 상대하는 훨씬 건전한 방법은

만날 때만 잠깐 생각하고
나머지 시간에는 까

맣

게 잊는 거예요.

반응

Reactions

스트레스란 내게 일어나는 것이 아닙니다.
내가 어떻게 반응하느냐에 따라
내가 만들어 내는 것이죠.

같은 상황에 다른 식으로 반응하는 두 사람을 관찰해 보면
확실히 알 수 있는 일이에요.
나 자신의 반응에 책임이 있는 사람은 바로 나인데도
"그 사람 때문에 화가 나 죽겠어"나
"그 여자 때문에 열받아 못 살겠어"
같은 말들을 하곤 하죠.
하지만 어떤 사람과 만나든 어떤 상황에 처하든,
그것이 내게 영향을 끼치게 놔둘지
그렇게 하지 않을지 결정할 사람은
바로 나예요.

그렇다고 해서 부적절한 행동이나 좋지 않은 상황을
참아 내라는 뜻은 아닙니다.
다만 부정적인 영향을 끼치도록
가만 놔두지 말라는 뜻이지요.

이른 아침

Early Mornings

이른 아침이야말로 하루 중 최고의 시간입니다.

그러니 일찍 일어나서 아침을 만끽해 보세요.
이런저런 일을 할 시간이 없다는 변명을 입에 달고 살죠.
하지만 하루를 잘 계획해서
아침나절 한두 시간을 확보한다면
엄청나게 많은 것을 얻었을 거예요.
원하는 건 뭐든 나를 위해 할 수 있는 시간이에요.

산책을 할 수도 있고,
책을 읽을 수도 있어요.
창의적인 글쓰기를 할 수도 있죠.
끝없는 가능성이 열려 있어요!

선택

Choice

과거에 집착하는 것은
쓸데없는 일입니다.

이미 일어난 일을 변화시킬 수는 없으니까요.
불과 5분 전에 일어난 일조차 어찌 해 볼 수 없지요!
지금의 상황을 불만스럽게 여기지 말고

나의 선택에 따라
미래를 만들어 갈 수 있다는 사실에 주의를 기울이세요.

내 미래가
과거 탓에 제한 받는 일은 없습니다.
내가 허락하지 않는 한은 말이죠.

불과 5분 전에 일어난 일조차 어찌 해 볼 수 없지요!

성공

Success

내게 성공은 어떤 의미인가요?

우리 사회는 돈을 잘 버는 직업,
훌륭한 집, 좋은 집안과의 결혼 같은 것들을
바람직한 성공의 상징으로 여기죠.
이런 것을 얻으려고 안간힘을 쓰지만
결국 얻고 났을 때
그다지 행복감을 느끼지 못하는 사람들도 적지 않습니다.

진정으로 나를 행복하게 할 수 있는 것이 무엇인지
생각해 보세요.
그리고
사회적으로 인정되는 신분의 상징을 얻으려고
애쓰기보다는

나를 행복하게 해 줄 수 있는 것을 얻기 위해
노력하세요.

충고

Advice

다른 사람의 충고를 구하거나
충고를 받는 것을 두려워하지 마세요.

누구나 자신의 제한된 시각으로
자기만의 관심사를 바라보게 마련이에요.
충고를 구한다는 것은
나의 시각보다
좀 더 객관적인 새로운 관점을
가질 생각이 있다는 뜻입니다.

충고를 받아들이면
나 혼자서는 얻을 수 없었던 명쾌함을
얻게 될 수도 있어요.

인생 여정에는 도처에 갈림길이 널려 있습니다.

길

Direction

인생 여정에는 도처에 갈림길이 널려 있습니다.
누구나 살다 보면 기로에 서서,
어떤 길을 택해야 할지 결정하느라 고심할 때가 있어요.
앞으로 다가올 결과가 두렵기 때문이죠.

하지만 바로 다음 발짝에만 집중하게 되면
그 결과를 두려워할 시간이 없게 됩니다.

바로
다음
발짝에만
집중하세요.

그러면 어디로 가야 할지가 갑자기 분명해질 테니까요.

해석

Interpretation

행동에는 나의 생각이 반영되어 나타납니다.
또 다른 이들과 의사소통하는 여러 방법 중 하나지요.
하지만 남이 내 행동을 올바르게 해석할 가능성은
아주 낮아요.
두 사람의 마음이 똑같을 수는 없으니까요.

그러니 행동으로 메시지를 전달할 생각이라면
오해를 살 각오를 해야 해요.

내가 무슨 생각을 하는지,
어떤 느낌인지
다른 사람이 알아 주었으면 한다면,

 <u>반드시 말로 하세요!</u>

깨달음

●

Learning

긍정적이든 그다지 긍정적이지 않든 간에,
모든 사람과 환경, 사건 등은
나에 대해서 가르침을 주게 마련입니다.

과거에 이미 벌어진 일들을
곰곰이 되씹으며 시간을 보내기보다는
그 결과로 나에 대해서 무엇을 알게 되었는지를
생각해 보세요.
내 과거의 경험들이 지금의 나를 만든 거예요.
이미 일어난 일들에 연연해 봤자
귀중한 시간을 낭비하는 것에 불과해요.

그 순간은 지나갔지만 깨
달
음
은 남아 있습니다.

넷.

영혼의 양식을 받아들이는 법

·

Soul Food : Recipes for a happier life

목표에 도달하기

•

Getting There

마음에 품은 목표나
달성하기를 바라는 성과물을 생각하면서
시간을 보내기보다는
어떻게 그런 것을 성취해 나갈지에
초점을 맞추세요.
스스로 정해 놓은 목표에만 몰두한다면
나 자신의 가능성을 제한하고 있는 셈이에요.

목표를 달성하려는 과정에 주의를 기울이게 되면
지금 생각하는 것보다 훨씬 나은 결과나 운명을
맞게 될 수 있습니다.

•
•
•

재능

Talent

우리는 누구나 특별한 재능을 가지고 태어나는
축복을 받았습니다.
그 재능이 무엇이든 간에 그것을 이용해서
이 세상을 더 나은 곳으로 만들 수 있어요.

내가 하기 좋아하는 일이 바로

......

나의 재능이에요.

일을 하면서 불행하다면
재능을 사용할 기회가 없기 때문일 수도 있어요.
일터에서 재능을 쓸 수 없다면
여가시간을 활용하세요.
재능을 사용하는 시간이 많아질수록
삶의 전 영역에서
보다 큰 충족감을 느끼게 될 거예요.

마음의 평정을 찾을 수 있는 한 가지 방법은
무질서와 어수선함에 둘러싸이지 않도록 하는 것입니다.

질서

·

Order

마음의 평정을 찾을 수 있는 한 가지 방법은
무질서와 어수선함에 둘러싸이지 않도록 하는 것입니다.
혼란스러움이
삶의 긴장을 유발하기 때문이죠.

그러니 오늘 당장 어지럽거나 어수선한 것들을
주변에서 깨끗이 치워 버리세요.

······

일터이든, 침실이든 부엌이든 말이죠.
어지러운 것들을 싹 정리하고 나면
훨씬 쉽게 마음의 평정을 얻을 수 있어요!

"아니오"라고 말하기

Saying "No"

하고 싶지 않은 일에 대해
"아니오"라고
말하는 법을 배우세요.

무례하게 굴라는 뜻이 아니라
예의바르지만 똑똑하게
"아니오"라고 말할 수 있는 용기를 키우라는 의미입니다.

효율적으로 "아니오"를 말하게 되면

다른 사람들이 이해할 거예요.
그렇지 못하다면,
그건 그 사람들 문제지요.

하고 싶지 않은 일에 대해 "아니오"라고 말하는 법을 배우세요.

시간 관리

Time Management

오늘 해야만 하는 일들이
성취 가능한지 아니면 그저 시간만 낭비시킬 뿐인지
엄중하게 결정하세요.

깊이 생각해 보거나 계획하지 않고
하루를 시작할 때가 얼마나 많은지 모릅니다.
때로는 늘 해 왔던 방식이라는 이유로
정해진 방식으로 일을 하곤 하기도 하죠.
이 일 저 일 하느라 기진했을 때
진정한 행복을 얻기는 정말 어렵습니다.
그러니 오늘,

성취할 수 있는 일에만 에너지를 집중하세요.

바람

·

Wishing

뭔가 좀 달랐으면 하고 바라는 것이야말로
가장 해로운 생각 중 한 가지입니다.

'이렇게 된다면 행복할 텐데……'
하는 생각으로 왜 지금의 행복을 제한해야 하나요?
이런 식으로 생각한다면
행복은 피해 가게 마련이에요.
앞으로 일어나기를 바라는 뭔가 다른 것을
언제나 찾고 있을 테니까요.
그러면 행복은 절대 오지 않습니다.

오늘,
내 삶은 이대로 괜찮다고 이야기해 보세요.
삶에 영향을 미칠 수 있는 유일한 건
바·로·내·생·각·이·니·까·요.

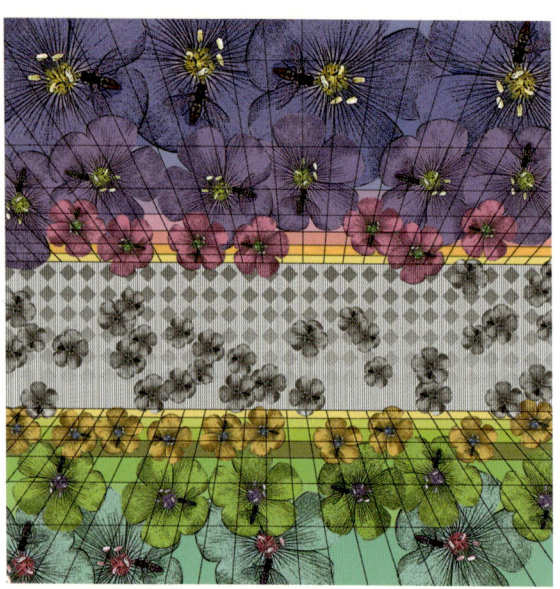

웃음은 기분을 좋게 만들 수 있는 최고의 수단입니다.

웃음

Laughter

웃·음·은

기분을 좋게 만들 수 있는 최고의 수단입니다.

신체적인 측면에서 볼 때,
웃음은 행복감을 주는 엔도르핀을 뿜어내죠.
정신적인 측면에서 보면,
뭔가 긍정적인 것을 생각하거나 행복했던 순간을 기억할 때
웃음이 나오게 됩니다.
웃음은 에너지 수준을 증대시켜서
다른 사람에게로 뻗어나가는 긍정적인 에너지를 늘려 주죠.

오늘 재미있는 일이 아무것도 일어나지 않는다면
예전에 웃게 만들었던 일을 기억하면서
다시 한 번 그 순간을 즐겨 보세요.

글로 쓰기

Writing

어떤 문제를 놓고 머리를 싸매며 고민만 하다 보면
혼란스러운 생각 탓에 마음이 어지러워집니다.
계속 이런 식으로 고민해 봤자
절대 해결책에 가까이 다가갈 수 없을뿐더러
좌절감을 느끼게 마련이죠.
이런 상황을 피하려면

생각을 종이에 적어 정리해 보세요.
일단 종이 위에 생각을 적으면
보다 객관적인 시각을 가질 수 있을 거예요.

무엇이 말이 되는지를 알 수 있을 테고,
그렇게 되면 해결책을 찾는 데
한 발짝 가까이 다가갈 수 있을 겁니다.

운동

Exercise

운동은 신체와 마음, 영혼의 웰빙에 도움이 됩니다.
운동은 근육을 가다듬어 주고
지방을 연소시켜 주며
심장을 튼튼하게 해 줄 뿐만 아니라
기분까지 좋게 해 주죠.
운동을 하면 엔도르핀이 솟아나는데,
이 엔도르핀이 행복한 마음을 불러일으킵니다.

오늘,
20분에서 30분 정도 운동을 해 보고
얼마나 활기찬 기분을 느낄 수 있는지 살펴보세요.

이 느낌을 기억하고,
이 혜택을 규칙적으로 느낄 수 있도록
운동을 하나의 일과로 만들어 보세요.

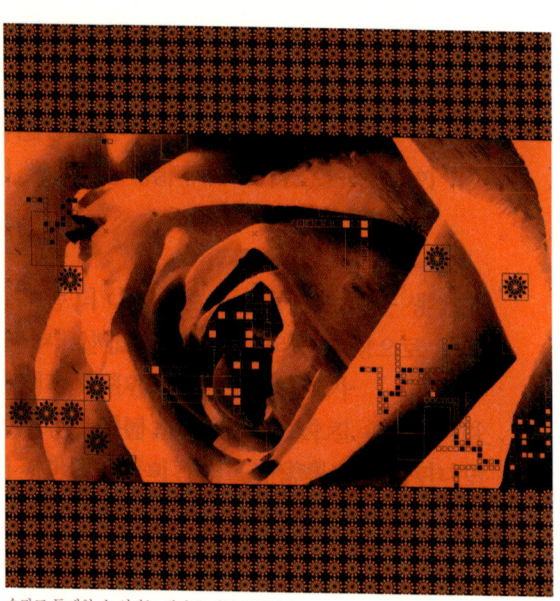

습관도 통제할 수 있다는 생각을 먼저 가지세요.

습관

·

Habits

습관 때문에
잠재적 능력에 도달하지 못하는 경우도 있습니다.
나쁜 습관은
주로 그만둘 수 있었으면 하고 바라는 것들이죠.
하지만 그러려면 의지와 훈련이 필요하다는 것도
잘 알고 있어요.

습관도

……

통제할 수 있다는 생각을 먼저 가지세요.
한 가지 버릇을 고치게 되면
성취감을 느낄 수 있어요.

그러면 삶에서 통제할 수 없다고 여긴 영역에서
발전할 수 있다는 걸 깨달을 수 있을 거예요.

'만약에 이렇다면 어떻게 하지'

'What If'

아직 일어나지 않은 일로 걱정하지 마세요.
앞으로 벌어질 일에 대해
비극적인 결말을 지레 상상할 때가 적지 않죠.
마음은 끝없이 부정적인 시나리오를 만들어 내고,
'이런 일이 생긴다면 어떻게 하지'라는 생각에 몰두하면서
아무 이유 없이 스트레스를 받기도 합니다.
하지만 상상하는 것만큼 나쁜 일이 벌어지는 예는
아주 드물어요.
그러니 '비극적 결말 맺기'는
귀중한 시간과 에너지를 낭비하는 것이라 할 수 있어요.

'내가 바라는 것과 다른 결과가 나오면
그때 가서 처리하지 뭐'라고
생각해 보세요.
......

오늘 '어떤 일이 생기면 어떻게 하지' 하고
생각하지는 않나요?
그런 걱정에 빠져 있지 않도록 애써 보세요.

비교

·

Comparisons

스스로를 다른 사람과 비교하는 것은
불행한 기분만 안겨 주는 쓸데없는 일에 불과합니다.
남이 내가 부러워하는 것을 가지고 있어서,
내가 안고 있는 걱정거리가 없는 것처럼 보이기 때문에
남의 삶이 나보다 나을 거라고 상상하는 것이야말로
에너지의 낭비일 뿐이죠.

실제로 누구나 저마다 걱정거리를 안고 있게 마련이고,
내 문제로 끙끙대느라 애를 쓰는 만큼
남들도 다 노력하고 있어요.
그러니 남의 처지와 비교하지 말고

내가 누리는 삶을 최대한 활용하는 데
초점을 맞추세요.

우리는 바쁜 생활에 쫓겨 나 자신을 위한 시간을 내지 못하고 있어요.

침묵
·
Silence

조용히 혼자 보낼 수 있는 시간을 정하고
그 시간을 최우선 순위로 삼으세요.

대부분의 우리는 바쁜 생활에 쫓겨
나 자신을 위한 시간을 내지 못하고 있어요.

조용한 시간을 보내고 있을 때는
느긋하고 평온한 마음을 갖고 침묵을 즐기세요.
그 시간 동안은 누구의 방해도 받지 않도록 하세요.
조용한 시간을 보내다 보면
바쁜 나날의 일상에 너무나도 필요한 균형감을 얻게 되고
평온한 마음을 회복하게 될 겁니다.

홀로 서기

·

오늘,
혼자서 할 수 있는 활동을 계획해 보세요.

우리는 어떤 일들은
꼭 다른 사람과 함께 해야 한다고 생각하곤 하죠.
이런 활동 중에서 어떤 것들은
혼자 해 보는 것도 괜찮지 않을까요?
다른 사람과 상의하지 않고 혼자서 어떤 활동을 해 볼 때
그 경험을 내적으로 즐길 수 있어요.
익숙하지 않다면 혼자 서기는 쉽지 않을 거예요.

하지만 혼자서도 즐겁게 여러 활동을 하다 보면
영혼이 풍성해지며
외로워할 필요가 없다는 걸 알게 될 거예요.

사고방식

·

Mindset

어떤 사고방식을 갖고 있든 간에,
누구나 자기 생각에 부합하는 것들을 만들고,
그런 것들에 마음을 빼앗기게 마련입니다.

긍정적인 사고방식을 가지고 있다면
이 세상을 긍정적으로 바라볼 테고,
이 긍정적인 에너지 덕택에 놀라운 경험을 하게 될 거예요.
부정적인 마음 상태를 유지하고 있으면
긍정적인 경험을 하기가 불가능하죠.
그러니, 지금 바로 나의 사고방식에 대해 생각해 보고,

최선을 다해서
긍정적인 사고방식을 갖도록 해 보세요.

2 장
·
마음을 치유하는
소울푸드

다섯.
긍정 에너지

·

Soul Food for the Heart

긍정 에너지

Positive Energy

긍정적인 태도로 행동하지 않는다면,
긍정적인 경험을 할 확률은 거의 없답니다.

사람들은 대개 부정적인 에너지에 대해서는
긍정적인 에너지에 반응할 때와는
다른 방식으로 반응을 하지요.
긍정적인 경험을 원하면서도,
나에게는 왜 그러한 일이 일어나지 않느냐고
끊임없이 불평만 한다면,
긍정적인 경험을 하기란 쉽지 않아요.
어떤 사람들은 불평하는 소리를 듣기 싫어서
우리가 원하는 것을 그냥 줘버리기도 합니다.
하지만 대부분의 사람들은 우리가 불평만 하고 있다면,
우리가 소망하는 것조차
아예 무가치한 것으로 치부해 버릴 거예요.

타인과 마음을 주고받을 수 있는 방식으로
행동할 때에만 '긍정 에너지'로 다가갈 수 있는
돌파구를 찾게 될 거예요.

긍정적인 태도로 행동하지 않는다면, 긍정적인 경험을 할 확률은 거의 없답니다.

인생을 제어할 수 있는 힘

Control

내 인생과 내 자신을 스스로 통제할 수 있다는 것은
매우 중요한 일입니다.
우리 인생에는 예측할 수 없는 일들이 많이 일어나고 있고,
그런 일들이 우리에게 지속적으로 영향을 미치지요.
그런데, 잘 생각해 보면
우리가 통제할 수 있는 일들도 꽤 있답니다.
예를 들어,
음식이나 운동량, 자신을 위해 하루에 사용하는 시간,
긍정적으로 사고할 것인지
아니면 부정적으로 사고할 것인지의 여부,
그리고 일상적인 여러 활동 같은 것 말이지요.

우리가 잊지 말아야 할 것은……

우리를 둘러싼
모든 것이 변화하는 것 같은 그때에도,
우리 안에는 내 인생을 제어할 수 있는 힘,
즉 선택권이 있다는 사실입니다.

삶에 대한 태도

Attitude

삶에 대한 태도는,
인간의 내면적인 행복에 영향을 미치고
삶의 성공과도 밀접한 관계가 있어요.

좋은 태도를 가지려면,
내 안에 도사리고 있는
부정적이고 건설적인지 못한 생각들을 버리고
긍정적이고 생산적인 생각들로 가득 채워야 한답니다.
단순한 것처럼 보이지만,
사실 말처럼 쉽지만은 않지요.

먼저, 내 안에 숨 쉬고 있는 좋지 않은 생각들이
대체 무엇인지를 알아낼 필요가 있어요.
그리고 부정적인 생각을 하고 있다는 것을 알게 되면,
바로 긍정적인 생각으로 전환하도록 해야 합니다.

항상 그렇게 바꾸기가 쉽진 않겠지만,
내가 진정 원한다면 그렇게 할 수 있어요.

나 자신이 누구인가를 알고 내 영혼을 만족시키는 것이 제일 중요한 일이니까요.

영혼의 충족감

Fulfilment

우리는 대개
나를 만족시켜 줄 만한 게 뭐가 있지 않을까 하고
주위를 두리번거리지요.
지금 하고 있는 일에서
왠지 충족감을 느끼지 못하기 때문에
다른 뭔가를 찾아 나서기도 합니다.
마음에 드는 물건들로 주변을 꾸며 보거나 새 차를 사거나,
아니면 직업을 바꿔 보기도 하며
또는 새로운 이성 친구를 사귀거나 휴가를 떠나는 등
삶의 활력을 느끼기 위해 여러 가지 시도를 해 보지요.

그러나 가장 중요한 요소인 '영혼의 소리'를 무시하고서는
절대 충족감을 느낄 수 없을 거예요.
영혼의 소리에 귀 기울이지 않은 채,
외적인 어떤 것으로 내부의 공허함을 채우려는 것은
도움이 될 리가 없지요.

나 자신이 누구인가를 알고 내 영혼을 만족시키는 것이
제일 중요한 일이니까요.

우리의 생각들

Thoughts

우리는 한 번에 한 가지 일에만
마음을 쏟을 수 있나 봐요.

항상 부정적으로만 생각한다면,
왜 그럴까 하고 한 번쯤 자문해 볼 필요가 있습니다.
혹시 부정적인 생각을 하는 게
어느새 습관이 된 건 아닐까요?
주위에 좋은 일이 많은데도,
나쁜 일에만 너무 마음을 빼앗기는 건 아닐까요?

다양한 일에 관심을 기울이며
능동적으로 대처해 나가다 보면,
부정적인 일들에 마음을 빼앗길 위험은 줄어들 거예요.
그리고 부정적인 일에만 신경을 곤두세우고
다른 일에 관심을 갖지 못한다면,
영영 부정적인 사고에서 헤어 나오기 힘들지도 몰라요.

자기 확신

Confidence

자기 확신이란
마음의 어떤 상태를 가리킵니다.
스스로에 대해 자신감이 있다는 것은,
내 삶에 필요한 것을 스스로 이루어내고,
또 어떤 일이 닥치더라도 자기 힘으로 해결해 낼 수 있는
신념 체계를 가지고 있다는 뜻이지요.
이러한 신념 체계는 과거의 어떤 경험 때문에
때때로 제대로 작동하지 않고 멈춰 서 있을지도 몰라요.
그러나, 지금이라도
새로운 신념 체계를 세워 나갈 수 있답니다.

> 자기 확신을 가지려면,
> 자신감 있게 행동하고
> 나도 할 수 있다는 것을 드러내야 하지요.

일정 기간 이렇게 해 보세요.
우리의 신념 체계는 안정될 것이고,
자신감 있게 행동하다 보면,
정말 자기 확신을 갖게 될 거예요.

내 생각과 행동을 과감히 바꾸어 나간다면,
실제 우리가 발을 딛고 있는 현실도 바뀌게 될 거예요.

확신에 찬 행동

Behaviour

속으로 내가 어떻게 느끼는지는
자기 자신만이 알 수 있어요.

남들은 기껏해야 우리가 한 행동으로
우리의 감정을 미루어 짐작할 뿐이죠.
때로 우리는 주변 사람들에게 열등감을 느끼기도 하지만,
겉으로는 그렇지 않은 척 감출 수 있답니다.
열등감을 느끼는 것처럼 행동하게 되면,
정말 열등한 것처럼 취급받게 될 것이며,
결국 그 열등감은 지속될 거예요.
반대로 우리가 확신에 찬 태도로 행동하다면
또 그렇게 대우 받게 되겠지요.

생각의 포로가 되어 살 필요는 없어요.

> 내 생각과 행동을 과감히 바꾸어 나간다면,
> 실제 우리가 발을 딛고 있는 현실도
> 바뀌게 될 거예요.

영향력

Influences

사람들은 보통 힘든 일을 겪을 때,
다른 사람들도 나처럼 고통을 겪는다는 사실을 들으면
안도감을 느낍니다.
타인도 나와 다를 바 없이 산다는 걸 알면,
나에게 일어난 일이 별게 아니라고 위안을 삼아요.

반면, 너무 행복하고
일이 잘 풀리는 사람들 이야기를 듣게 되면
괜히 화가 치밀기도 하지요.
잘나가는 사람들 곁에 있다 보면,
잘되는 건 하나도 없다고 불평만 하는
자신의 모습을 발견하게 됩니다.
우리들도 가끔
불만으로 가득 찬 사람들과 같이 지내다 보면
그들이 쏟아내는 부정적인 에너지에 짓눌리게 되지요.

친구들의 말에 맞장구쳐 주는 것도 중요하지만,
끊임없이 부정적인 이야기들만 주고받다 보면
서로에게 아무런 도움이 안 된답니다.

내적 가치

Inner Worth

우리의 내적 자아는,

우리가 입고 있는 옷이나 자동차의 종류,
사는 집에 따라서 달라지지 않아요.
이런 요소들은
나에 대한 타인의 인식을 바꿀 수는 있겠지만,
한 인간으로서 자신을 설명해 내기에는 역부족이지요.

다른 사람들이 나의 외적 조건들만 보고
교제하기로 결정한다면,
그 관계는 매우 피상적인 것에 기초하게 될 겁니다.

당신과 친분이 있는 모든 사람들이,
당신의 존재 자체와
당신이 보여주는 모습들로 인해
당신과의 관계를 즐기고 있다면,

훨씬 더 충만한 삶을 영위할 수 있을 거예요.

짜증

.

Annoyance

만약 당신이 사사건건 짜증을 내고 있다면,
그것은 당신의 마음 깊숙한 곳에 자리 잡은 여러 고민들이
'짜증'의 형태로 표출되는 것이랍니다.

매사에 짜증을 내다 보면
사소한 문제가 큰 문제로 탈바꿈하게 되어,
별일 아닌 일에 신경을 쓰게 돼버리지요.
이렇게 되지 않도록 우리 스스로를 돌아볼 필요가 있어요.
그리고 불평을 하거나 말다툼을 하기 전에
그 일이 과연 그럴 만한 일인지
이성적으로 스스로 물어보아야지요.

우리의 귀중한 시간은
:
정말 중요한 문제를 처리하는 데
사용하는 게 마땅하니까요.

매사에 짜증을 내다보면 사소한 문제가 큰 문제로 탈바꿈하게 되어,
별일 아닌 일에 신경을 쓰게 돼버리지요.

뒤늦은 깨달음

Hindsight

시간이 흐른 뒤에야 왜 일이 이렇게 되었는지
뒤늦게나마 깨닫게 되는 경우가 있어요.
좀 더 잘되기를 바랐던 바로 그 순간에조차,
조금만 생각해 보면
지금이 최선이었다는 것을 깨닫게 돼요.
이를 꼭 기억하도록 해요.

오늘 계획한 대로 되지 않았다고 해서
스트레스 받을 필요는 없어요.
우리는 항상 최선을 다해야 하지만,

> 우리 능력 밖의 일은 어쩔 수 없잖아요.
> 그런 일이 벌어진다면,
> 그냥 묵묵히 받아들이세요.

비록 예상대로 되지는 않는다 해도,
최선의 결과를 이룰 거라고 믿어 보세요,
지금 바로 말이에요.

자존감

Self-esteem

우리의 자존감은 자신이 가지고 있는 자질에
어떤 가치를 부여하느냐에 따라 영향을 받습니다.
종종 우리는 다른 사람들의 자질을 눈여겨보고
나도 저렇게 되었으면 하고 바라게 되지요.
그리고는 그런 자질을 가지고 있지 못하기 때문에
최고가 될 수 없다고 믿어 버리고는,
자신에 대해 부정적인 감정을 갖기 시작하지요.
즉, 자신의 장점은 하찮게 여기고
갖고 있지 못한 것에만 초점을 맞춥니다.

그러나 다른 사람들도 마찬가지예요.
우리를 보면서 아마도 우리가 가진 것을
엄청 부러워하고 있을 거예요.
그러니 우리에게 없는 것에 초점을 맞추기보다는

우리의 내부에 있는 것에 관심을 기울여 보세요.

그리고 그러한 긍정적인 태도가
우리의 자존감에 어떤 영향을 미치는지 지켜보세요.

지금 가진 것과 별반 차이가 없는 것들 때문에 그렇게 많은 에너지를 쏟는 것이
과연 가치 있는 일인지 생각해 보아야 합니다.

더 많은 것을 원한다면

Wanting More

지금 우리가 가진 것에 어느 정도 만족하거나,
또는 어느 정도 부자인데도
왜 우리는 계속해서 더 많은 것을 원할까요?
그런 걸 탐욕이라 할까요?

한 가지 기억할 일은,
더 많이 소유하려면
지금보다 더 많은 노력과 시간을 투자해야 하고
어쩌면 골치를 썩을지도 모른다는 겁니다.

지금 가진 것과 별반 차이가 없는 것들 때문에
그렇게 많은 에너지를 쏟는 것이
과연 가치 있는 일인지 생각해 보아야 합니다.
멋있는 삶을 살 수 있을 정도의 재력이 있다면,
그냥 우리가 원하는 삶을 살아 보는 건 어떨까요?
그럴 수만 있다면 우리는 정말 축복받은 삶을 사는 거예요.
인생에서 정말 중요한 것에
소중한 에너지를 쏟아 부어 보세요.

물질적 부

Material Wealth

돈이 많으면 행복할 거라고 생각하기 때문에,
많은 사람들은 더 많은 부를 얻기 위해 애써 노력하지요.
그러나 부자들 중에 행복하지 못한 사람들도 많이 있고
가난한 사람들 중에 행복한 사람들도 많이 있어요.
행복은 우리가 소유한 것에서 오지 않아요.

오히려 행복은 우리가 어떤 사람인지,
삶에 대해 어떤 생각을 갖고 사는지,
우리 주위에 벌어지는 일들에 대한
태도에 달려 있지요.

물질적 부가 아니라
행복 그 자체를 위해 열심히 노력한다면,
우리는 아마 행복을 얻을 수 있을 뿐 아니라
행복하기 위해서는
더 많은 물질적 부가 필요치 않다는 것을 깨닫게 될 거예요.

행복은 우리가 소유한 것에서 오지 않아요.

균형 감각

Proportion

누구나 타인 때문에 기분 나빴던 적이 있을 거예요.
아마도 그 사람들이
제삼자나 혹은 나에게 내뱉은 말이나 행동 때문에
기분이 좋지 않았을 겁니다.
이때 사람들은 보통
기분 나쁜 말이나 행동을 한 사람만
나무라기 쉬울 거예요.

하지만 그런 부정적인 말을 듣고
기분이 상했던 우리들 자신도
반성해야 합니다.

왜 다른 사람의 말이나 행동 때문에
내 마음이 언짢아지도록 내버려 두었을까요?
우리 안에 숨 쉬고 있는 수많은 바람직한 생각들이
어쩌다 그런 말 앞에 방치되었을까요?

남에게 충고하기

살다 보면 다른 사람의 부정적인 면에 대해
충고해 주고 싶을 때가 있어요.
그러나 그렇게 행동할 때에는
조심해야 할 이유가 몇 가지 있습니다.

우선,
우리가 다른 사람의 행동에 대해 객관적이지 못하고
주관적인 생각을 품고 있을지도 모르고요.

둘째, 그 사람은 그런 부정적인 성격을
나하고 있을 때에만 보여주는지도 몰라요.

그리고 우리가 다른 사람을 무시하는 듯한 인상을 줘서
좋을 것은 하나도 없겠지요.

나의 행복을 스스로 책임지려 하지 않는다면, 진실한 행복은 얻을 수 없을 거에요.

불행을 느낀다면

Unhappiness

만약 지금 당신이 불행하다고 느낀다면,
행복한 사람들과 함께 지내기는 어려울 거예요.
그들의 행복한 분위기 때문에
내가 더 불행하다고 느끼게 될 테니까요.
그러니까 불행한 사람들과 함께 있어야
내가 행복하게 느낄 거라고 계산하면
그건 또 큰 오산입니다.
불행한 사람들이 뿜어내는 강력한 부정적인 에너지가
우리를 감싸고, 우리의 긍정적인 감정을 억누를 거예요.
불운한 사람들을 보고 있으면,
나는 다행히도 정상적으로 살고 있구나 하고
안도할지 모르죠.
하지만 그렇다고 해서
우리가 행복하다고 느끼게 만들어 주나요?
{ 진정 당신이 행복하기를 원한다면,
행복한 사람들과 함께 어울리도록 해야 해요. }
어쨌거나 우리 주위에 누가 있건 간에,
나의 행복을 스스로 책임지려 하지 않는다면,
진실한 행복은 얻을 수 없을 거예요.

최악의 경우

The Worst

자신에게 일어날 최악의 경우를 미리 상상해 보는 것은,
정말 최악의 사태가 일어났을 때를 대비하는
일종의 습관입니다.
어떻게 해야 할지 미리 한번 생각해 보았기 때문에,
실제 최악의 상황이 벌어지더라도
내가 받게 될 충격이 완화될 거라고 사람들은 생각하지요.
그러나 실제로는 우리가 생각하는 그런 최악의 상황은
잘 일어나지 않아요.
그리고 일어난다 해도 상상했던 것과
똑같은 일이 일어날 확률은 거의 없어요.
불의의 사태가 일어나지 않을까 조바심을 내다 보면,
진짜 그런 일이 일어날 수도 있게 돼요.

어떤 일이 일어나더라도
그것을 해결해 낼 수 있다는
마음가짐을 갖는 것이 필요해요.
그리고 바로 이 순간,
좀 더 긍정적인 것에
우리의 에너지를 집중하도록 해요.

긍정적인 사람 혹은 부정적인 사람

Positive or Negative

모든 면에서 당신은 긍정적인 사람인가요
아니면 부정적인 사람인가요?
어떤 일이 일어나면,
그 사건을 긍정적으로 보는 편인가요
아니면 부정적으로 보는 편인가요?
또 새로운 소식을 들으면
좀 너그럽게 받아들이는 편인가요
아니면
특별한 가십거리가 없나 호기심을 갖는 스타일인가요?

우리의 사고방식은
습관의 지배를 받으며 일상생활에 큰 영향을 끼칩니다.

대체로 부정적인 스타일이라면,
당신도 모르게 바람직하지 못한 생각들이
일상생활에 크게 자리 잡게 될 겁니다.
긍정적인 쪽으로 생각하려고 노력한다면,
당신의 삶도 바람직한 방향으로 흘러갈 거예요.

여섯.
나를 사랑하기

·

Soul Food for the Heart

중요한 결정들

Key Decisions

다른 사람을 위해서가 아니라
바로 나 자신을 위해 인생을 살아보세요.
때때로 주변에서 원하기 때문에,
내 인생에 있어서
매우 중요한 결정을 내려야 하는 압력을 받기도 하지요.
내가 그런 결정을 내려서 타인이 행복하다 해도,
정작 스스로가 불행해진다면 그것이 과연 옳은 일일까요?

다른 사람은 내가 될 수 없으며
또한 내 인생을 대신 살아 주지 않지요.

단지 다른 사람들을 즐겁게 해 줄 요량으로
내 인생의 중대한 결정을 내린다면,
그것이야말로 결국 나를 해롭게 할 수 있습니다.
다른 이의 인생이 그의 몫이듯
내 인생은 나만의 것임을 명심하세요.

보이지 않는 벽

Invisible Wall

타인이 하는 말이나 우리에 대한 평가 때문에
영향을 받을 필요는 없습니다.
나와 의견이 다른 사람이 말하는 것을 제어할 수는 없어도
자신의 감정을 제어할 수는 있어요.
이렇게 할 수 있는 한 가지 좋은 방법은

{ 당신과 타인 사이에
눈에 보이지 않는 가상의 벽을 세워 보는 것이에요. }

당신 쪽에 있는 벽에서 일어나는 것은
당신의 감정을 포함하여 스스로 제어가 가능해요.
타인이 당신에게 영향을 줄 수 있는 유일한 길은
그들의 말이 당신의 벽을 뚫고 나가
당신에게 영향을 줄 수 있도록
스스로가 허용하는 것뿐입니다.
그러나 타인의 말이 벽에 부딪힌 후 튕겨져 나가
당신에게 전혀 영향을 안 미치게 할 수도 있어요.

좋은 일은 즐기면 되고, 나쁜 일로부터는 뭔가를 배우면 될 거예요.

마음을 편안히

Chill Out

인생을 아주 심각하게 생각할 필요는 없겠지요?
갑자기 여러 가지 일이 벌어졌다가는 순식간에
다 해결되기도 하고, 좋은 일이 일어나는가 하면
나쁜 일도 생기는 게 인생이지요.

{ 좋은 일은 즐기면 되고,
나쁜 일로부터는 뭔가를 배우면 될 거예요. }

나쁜 일 때문에 풀이 죽어 있지는 말아요.
물론 그런 일이 생기면 괴롭기 때문에,
당장 눈앞에 벌어진 일을
쿨하게 받아들이기가 쉽지는 않겠지요.

하지만 선택의 문제라고 생각해 보세요.
문제가 생기면 습관적으로 낙담하고 괴로워하는 게
우리가 할 수 있는 유일한 일은 아니랍니다.
물론 일상적인 행동 패턴에서 벗어나려면
그만큼 노력이 뒤따라야겠지요.
하지만 그런 노력은 분명 가치가 있는 선택이에요.

올바르게 판단하기

Being Right

사람이 살면서 항상 올바를 수는 없습니다.
모든 것을 잘 아는 것도 아니고,
또 어떤 것이 옳다고 믿었지만
알고 보니 그렇지 못한 때도 있는 것 아니겠어요?
어떤 문제에 대해 서로 다른 시각을 갖고 있기 때문에
때로는 제대로 판단하지 못할 때도 있어요.

항상 바르게 판단해야만
내가 잘 살고 있는 거라고 생각한다면,
그것은 불가능한 일이에요.

게다가 실수한 게 분명한데도 내가 옳다가 고집을 부린다면,
사람들이 나의 진실성을 의심하게 되겠지요.

현실을 있는 그대로 받아들이세요.

좀 잘못 판단하면 어때요?
뭔가 좀 잘못된다 해도 괜찮다고 생각해요.
항·상·옳·을·수·는·없·잖·아·요.

뭔가 좀 잘못된다 해도 괜찮다고 생각해요. 항상 옳을 수는 없잖아요.

외모

Appearance

사람은 누구나 자신의 외모 가운데
마음에 들지 않는 구석이 있게 마련이죠.
사람들은 자기가 싫어하는 부분에만
신경을 쓰는 경향이 있습니다.
거울을 보면 이런 '결점'만 눈에 들어오죠.
그러나 우리는
자신이 생각하는 것 이상으로 평가받을 만합니다.
왜냐하면 우리는
내적으로나 외적으로
다양한 특징들로 구성되어 있기 때문이에요.

타인은, 우리가 스스로를 평가하는 것보다는 훨씬 더
거시적이고 통합적인 시각으로 우리를 바라봅니다.

조금만 더 나았으면 얼마나 좋을까 하는 생각을 버리고,
여러 장점들을 부각시켜 균형 잡힌 시각으로
자신을 바라보는 것이 어떨까요.

나이 들기

Ageing

젊은 시절의 모습을 되돌아보면서,
그 시절로 돌아가기를 염원하는 때가
얼마나 자주 있을까요?
하지만 젊은 시절의 자신에 대해 불만족스러웠던 것이
무엇이었는지 한번 생각해 보세요.
현재 당신이 처한 문제와
그 당시의 문제가 다를 수 있겠지만,
그 문제들 또한 그 당시에는 특별한 의미가 있었으며,
실재하는 그런 문제들이었어요.
우리는 분명, 미래의 어느 때에
지금의 이 시간을 되돌아보며 한탄하게 될 겁니다.
그것이 현실이에요.
그렇다면 왜 '지금'을 즐기지 못할까요?
사람은 계속 나이가 들게 마련입니다.
그러니 20년 전에 우리가 가졌던 것을
애타게 그리워하기보다

지금 우리가 가지고 있는 것을
즐기면서 사는 것이 어떨까요?

근심이 많은 사람들은 어떤 상황에서도 걱정을 하게 마련이에요.

돈

·

Money

'돈이 우리를 행복하게 만들어 주지는 못한다'

라는 말이 있어요.
그리고 이 의미를 가장 잘 아는 사람들은 바로
돈이 많은 사람들이지요.
보통 우리는 돈이 많으면
지금보다 훨씬 더 행복할 거라고 생각할 거예요.

하지만 경제적인 문제들은
걱정 없이 척척 해결할 수 있겠지만,
또 다른 문제들이 생깁니다.

근심이 많은 사람들은
어떤 상황에서도 걱정을 하게 마련이에요.
그러니 환경을 바꾸려고 노력하기보다는,
쌓아놓고 걱정하는 성향을 바꾸는 것이 더 나을 거예요.

오늘을 즐겨라

Enjoyment Today

인간은 누구나 세상을 떠날 때
재산을 가져가지는 못합니다.
사후 세계를 믿든 믿지 않든 간에 한 가지 확실할 것은,

우리는 오늘 여기 현재를 살고 있다는 사실이에요.

어떤 사람들은 미래를 대비하여 재산을 모으느라
현재의 삶을 충실히 즐기지 못하며 살지요.
우리의 인생에 어떤 일이 생길지 모르고
또 재테크에도 관심을 기울여야 하는 건 맞아요.
하지만 우리가 인생을 누리기 위해 필요한 것보다
훨씬 더 많은 재산을 모으기 위해 질주하는 것이
정말 가치 있는 일일까요?

한번 곰곰이 생각해 보세요.
지금 당신의 삶을 즐기는 것을 미루지 말고,

자, 오늘을 즐겨 봐요!

솔직하게 말하기

·

Honesty

뭘 하고 싶은지 뭘 먹고 싶은지,
또는 무슨 선물을 받고 싶은지
누가 물어 본다면,

망설이지 말고 솔직히 대답하세요.

그런 질문을 하는 이유는

정말 당신이 원하는 걸 알고 싶기 때문일 거예요.

별로 알고 싶지 않다면 아예 물어보지도 않았을 테니까요.
격식을 차리느라 마음에도 없는 대답을 한다면,
상대방은 당신이 진정 원하는 것을 줬다고 생각하겠지만,
당신은 정작 실망하게 될지도 모르죠.
이것은 정말 선물을 준 사람에게 불공평한 일이에요.
쉽게 구하기 힘든 물건일지라도
당신이 원하는 것을 말했다면 그걸로 충분해요.
적어도 두 사람 모두가
서로에게 솔직하게 말하기는 했으니까요.

당장은 힘들더라도 진실을 듣는 것이 위선으로 포장된 이야기를 듣는 것보다는 나아요.

진심

·

Sincerity

정작 속마음은 그렇지 않으면서
다른 사람이 듣고 싶어 하는 말이기 때문에
그렇게 말한다면,
상대방과 자신 모두에게 몹쓸 짓을 하는 거예요.

자신의 진심을 말하지 않는다면
스스로에게 잘못하는 거예요.
왜냐하면 당신은 스스로에게 진실하지 못하기 때문이지요.
또 상대방에게도 잘못을 범하는 것이 된답니다.
진심으로 그렇게 생각하지 않으면서도
인사치레로 하는 이야기를 듣고 싶어 하는 사람은
아무도 없기 때문이에요.
당신이 한 말을 믿고 있다가
사실 그렇지 않다는 것이 밝혀지면
문제가 발생할 수도 있어요.

당장은 힘들더라도 진실을 듣는 것이
위선으로 포장된 이야기를 듣는 것보다는
나을 테니까요.

나를 사랑하기

Ourselves

때때로
나만을 위해
뭔가 근사한 일을 해 보는 것은 어떨까요?

우아하게 거품목욕을 하거나
색다른 음식을 준비한다든지,
혹은 느긋하게 산책을 하거나
베란다에 작은 꽃을 심어 보세요.
분명 시간은 좀 들어야 할 거예요.

하지만 나를 기분 좋게 하기 위해
돈을 많이 쓸 필요는 없어요.
잘 찾아보면
비용을 많이 들이지 않고도 즐길 수 있는 것들이
의외로 많이 있답니다.
조금만 고개를 돌려보면 말예요.

건강한 삶

Healthy Living

현대 사회에는 건강에 대한 정보가 넘쳐납니다.
건강하게 살려면, 생활 습관을 바꿀 필요가 있어요.
운동도 열심히 하지 않고, 과일이나 채소도
많이 먹지 않으며, 쉽게 스트레스를 받잖아요.
게다가 일은 과도하게 하면서
자기 자신을 위해서는 시간을 많이 쓰지 않아요.
건강한 삶의 시작은 커다란 변화이기 때문에,
대개 자신의 라이프스타일을 바꿔 보려는
엄두를 쉽게 내지 못하죠.
그러나 더 이상 미루지 말아요.
한 번에 한 가지씩 차근차근 바꾸다 보면
내 삶이 변화될 수 있습니다.
내가 건강하지 못하다고 속상해 하거나,
단번에 생활을 바꿔야 하는 건 아닌가 하고
지레 겁먹지 마세요.
{ 내가 건강해지기 위해
오늘 할 수 있는 일이 무엇인지,
단지 그것 하나만 생각하세요. }
그러면 벌써 건강한 삶이 시작된 거랍니다.

100퍼센트 열정을 투자해야 하는 일보다는
그렇지 않아도 되는 일을 찾아보는 게 훨씬 바람직할 수 있습니다.

100퍼센트 열정을 발휘하기

Giving 100 Percent

하기는 해야 하는데 계속 미루게 되는 그런 일이
누구에게나 있어요.
일을 미루게 되는 대부분의 이유는,
엄두가 안 나거나 젖 먹던 힘까지 내야만
성취하게 되리라고 판단하기 때문이죠.
{ 사실 이렇게 100퍼센트
열정을 투자해야 하는 일보다는
그렇지 않아도 되는 일을 찾아보는 게
훨씬 바람직할 수 있습니다. }
그러면 어떤 일을 끝내야 한다는 강박관념을 갖지 않고서도
나름 보람 있는 시간을 보낼 수 있으니까요.
그렇게 되면
지금 하고 있는 일을 즐기면서 최선을 다하게 되고,
마침내 그 일을 끝마치게 될 겁니다.

일단 한 가지 일을 마무리해 본 경험이 생기면,
스스로 만족스러워지고
다시는
뭔가를 끝내야 한다는 중압감에 시달리지 않게 되지요.

자기중심주의

Self-centredness

당신 주위에 있는 사람들이
힘든 하루를 보내고 있다고 해서
무의식적으로 그 어려움이

당신 때문에 생겨난 것이라고 받아들이지는 말아요.

우울한 사람 주위에 있게 되면,
내가 잘못해서 그렇게 되었다고 생각하기 쉬워요.
그러한 생각은 다시
우리의 생각과 행동에 영향을 미치게 됩니다.

예를 들어,
우리에게 그렇게 반응하는 것에 화가 나기도 하고
그러다 자기 방어적이 될 수 있어요.
사실 주변 사람들의 우울함은
완전히 다른 이유 때문일 수 있습니다.
무엇인가 해 보려다가 문제를 더 심각하게 만들 수 있어요.
그저 그냥 놓아 둬 보자고요.

의도

Intentions

만약 선한 의도로 그 결정을 했다면,
(혹시 그 일이 잘못되더라도)
후회할 일은 그다지 없을 거예요.

그게 최선이었다면
그것 말고 달리 무엇을 할 수 있었겠어요?
우리가 내린 결정이 잘못된 결과를 가져왔다 할지라도,
그 과정에서 뭔가 배울 수 있었을 거예요.
부정적인 결과에만 집착한다면
잘못된 결정을 내린 자신이 미워지기도 하겠죠.
하지만, 우리가 그 과정을 통해 뭔가를 배웠다면
그 결정이 정말 잘못된 것이었을까요?

부정적인 결과를 예방할 수 있는 유일한 방법은
아마도 아무런 결정도 내리지 않는 걸 겁니다.
하지만 그렇게 되면 일생을 통해 경험할 수 있는
수많은 귀한 것들을 놓치게 되고 말 거예요.

긍정적인 자아상은 우리가 살아가고 있는 소박한 일상에서 시작되기도 해요.

흡족한 기분

Feeling Good

마치 뭔가를 당장 증명해 보여야만 하는 것처럼
악착같이 사는 사람들이 있지요.
자기 자신에 대해 가장 혹독한 비판자를 자처하며,
남들에게 좋은 평가를 받기 위해
많은 것을 이루어내고자 노력하며 살아갑니다.
그리고 스스로 만족스럽지 않다고 여기면서,
만족할 때까지 좀 더 멋진 일을 시도하려고 하지요.

그렇게 해서 긍정적인 자아상을 확립할 수도 있겠지만,
명심하세요.
긍정적인 자아상은
우리가 쌓아올린 업적에 의해서 만들어지기도 하지만,

우리가 살아가고 있는 소박한 일상에서
시작되기도 한다는 것을요.

일곱.
어려움 극복하기

·

Soul Food for the Heart

좋은 관계

Relationships

좋은 관계란,
그 관계를 통해서
상대방이 성장할 수 있게 해 주는 그런 거랍니다.
이때 가장 중요한 것은

상대방이 스스로에게
필요하다고 여기는 것을 하도록
허용하는 거예요.

자기 나름대로 시간을 보낼 수 있게
그냥 내버려둬 주기도 하고,
내가 하고 싶지 않은 일일지라도
함께해 줄 수 있어야 하는 그런 거죠.
내가 해 보지 않은 일들이라 때로는 두렵기도 할 거예요.

그러나 상대방이 한 인간으로서 발전하고 성장할 수 있다면
그러한 변화는 모두에게 긍정적인 결과를 가져다줄 겁니다.
상대방이 성장하게 되면,
나와의 관계에 더 많은 기여를 하게 될 거예요.

좋은 관계란, 그 관계를 통해서 상대방이 성장할 수 있게 해 주는 그런 거랍니다.

고난의 시기

Hard Times

모든 관계에는 고난이 닥쳐오지요.

이것을 어떻게 극복해 내느냐가 관계의 성패를 좌우합니다.
고난을 잘 극복하려면
양쪽 모두 헌신과 노력을 해야 하지요.
상대방으로부터 도망쳐서 혼자 시간을 보낸다면
관계가 악화될 수 있어요.
처한 현실이 이겨내기 어려워 보여도
차분하게 상대방의 입장에서 접근하다 보면
대부분의 일은 잘 풀리게 마련이에요.

지금 당장 힘들다고 관계를 청산하는 것은
합리적이지 못해요.
모든 관계에는 항상 어려움이 따르거든요.
당면한 문제를 어떻게 잘 극복할 것인지에
온 힘을 집중해 보세요.

꼭 성과가 있을 겁니다.

필요

Needs

서로 만족하지 못한다면 그 관계는 깨져버릴 수 있어요.
그런 상황에 처한다면,
아마도 서로 관계를 정리하려 하겠지요.
주고받는 마음이 줄어들 테니까 말이죠.
그러나, 관계를 정리하면 문제는 더욱 악화될 뿐이에요.

만약 이처럼 위태로운 순간이 닥친다면,
내가 연인에게 받고 싶은 게 무언지,
또 필요한 게 무언지
한번 기록해 보세요.

당신의 연인은 정말로 당신에게 필요한 것을 모른 채
엉뚱한 것에 에너지를 쏟고 있을지도 모르거든요.
당신이 만족하지 못한다고 해서
상대방이 노력하지 않았다는 것을 의미하지는 않으니까요.

더 많은 것을 주었으면 하고 바라지 말고 지금 받은 것에 감사하세요.

지원 네트워크

Support Network

어떤 일이 생겼을 때
도움을 청할 수 있는 인맥이 있다는 것은
매우 중요한 일입니다.
사람들은 각기 서로 다른 장단점이 있어서
여러 가지 방법으로 서로의 삶에 도움이 될 수 있어요.

문제는 우리가 특정한 사람으로부터
모든 필요를 채우고자 할 때 생기게 되지요.
한 사람이 우리의 '모든 것'이 되기는 힘들어요.
만약 그렇게 되기를 바란다면,
우리의 관계는 위태로워지고
결국 좋은 관계가 깨질 겁니다.
사람들은 자신이 줄 수 있는 것은
최선을 다해 주려고 노력을 하지요.
그러니 더 많은 것을 주었으면 하고 바라지 말고

  지금 받은 것에 감사하세요.

버팀목

Support

누군가가 어려움을 겪고 있을 때
어떻게 돕는 것이 좋을지 정확히 알기는 힘들어요.
그 사람을 위로하기 위해 무슨 말을 건넬지
애매할 때가 많을 겁니다.
위로한다고 무슨 말인가 할까 하다가
오히려 상처를 줄까 봐 아무 말도 꺼내지 못할 때도 많죠.
어려움에 대해 말하는 것이 불편하기도 하고
괜한 상처를 들쑤셔놓는 것은 아닐까 하는
생각이 들어서 말이죠.

그러나, 이런 시기에 그들에게 정말 필요한 것은
우리의 위로랍니다.
문제를 해결해 주거나 상황을 개선하기 위해
애쓸 필요는 없어요.

그저 곁에 있어 주고
그들을 지지해 줄 마음의 준비가 되어 있다면,
그것으로 충분하지요.

누군가가 어려움을 겪고 있을 때 그들에게 정말 필요한 것은 우리의 위로랍니다.

비교하기

Comparisons

내 처지를
다른 사람과 비교해 보는 것이 가끔은 유용한 때가 있답니다.
다른 사람과 비교하다 보면 기분이 좀 나아지기도 하니까요.
그러나, 우리가 깨달아야 할 것은,

어떤 문제 자체가
한 개인을 고통스럽게 만드는 것은 아니라는 점이에요.

문제 자체보다는
문제가 저마다 어떤 영향을 미치느냐에 따라
괴로움을 겪기도 하고 그렇지 않기도 하지요.

한 사람은 배우자가 세상을 떠났다고 하고
또 한 사람은 애완 고양이가 죽었다고 가정해 봐요.
이 두 가지 일은
각자에게 똑같이 견디기 어려운 일일 거예요.
그 상황에서 어떻게 대응하느냐만 보고
각 사람들의 '고통의 무게'를 판단해서는
결코 안 된다는 겁니다.

되갚아주기

Revenge

누군가가 일부러 내 기분을 나쁘게 하면,
나도 그 사람의 기분을 망치게 하거나
나와 똑같은 감정을 느끼게끔 복수하고 싶어져요.
문제는 그러는 사이에 내내
나도 계속 나쁜 감정에 사로잡히게 된다는 것이에요.
그리고 나를 기분 나쁘게 한 그 사람도
마음이 편할 리는 없을 겁니다.

그렇다면 왜 우리의 귀중한 시간과 에너지를 낭비하여
그 사람을 더욱 불행하게 만들려고 하는 걸까요?
기분 나쁜 일에 신경 쓰면
점점 더 기분 나쁜 일들만 생겨납니다.
그러니 그런 부정적인 감정들은

그냥 흘러가도록 내버려 두세요.
차라리 그 시간에
우리의 삶을 윤택하게 만드는 데
집중하는 것이 훨씬 낫답니다.

우리는 모두 인생에서 오르막길과 내리막길을 경험하게 됩니다.

인생의 오르막길, 내리막길

Ups and Downs

우리는 모두 인생에서
오르막길과 내리막길을 경험하게 됩니다.
누군가를 사귀면서 내가 내리막길을 걷기도 하고
상대방이 내리막길을 걷는 것을 목격하기도 하지요.

이때 중요한 것은
상대방의 내리막길에 걸려 내가 넘어지지 않는 거예요.
상대의 기분이 좋지 않을 때면
나 때문에 그런 건 아닌가 해서
쉽게 기분이 가라앉기도 하고,
혹은 상대방의 그런 상태를 참아야 하는 것 때문에
괴롭기도 하지요.
그러나, 우리에게도 그럴 때가 있을 거예요.
그러니 우리는 상대방에 대해
측은지심과 관용을 가지고
생각할 시간을 주는 것이 필요해요.

결국 나 스스로를 대해 주기를 원하는 대로
다른 사람을 대하면 되는 거예요.

가정하기

Assumptions

사람들은 다른 사람들의 행동을 보고
그들의 동기나 의도를 가정해 보려는 경향이 있습니다.

그러나 사실 정확하게 추측하기란 쉽지 않죠.
우선, 행동이 항상 그 사람의 의도를 반영하는 것도 아니고
또 우리가 행동을 잘못 해석할 가능성도 있기 때문이에요
더군다나 우리는 자신의 경험에 기초해서
다른 사람의 의도나 동기를 추측하게 마련인데,
이것이 어떤 경우에는 딱 들어맞지 않을 수 있거든요.
행동이
눈으로 확인할 수 있는 가장 명확한 근거이기 때문에
그것에 근거해서 짐작하기는 하지만,

우리의 판단이 항상 옳지만은 않다는 것을
깨닫는 것이 중요하답니다.

균형 잡기

Balance

타인을 즐겁게 해 주는 것과 자신을 위한 일 사이에서
우리들은 끊임없이 줄다리기를 하고 살아가지요.

주변의 사람들을 기쁘게 해 주고 싶은 게
인간의 본성인 듯 느껴지기도 하지만,
때로는 그것이 과연 나 자신을 위한 것인가에 대해서
회의가 들기도 합니다.
대부분 우리가 원하는 것과
다른 사람들이 우리에게 원하는 것이 일치하기 때문에
그리 큰 문제가 생기지는 않아요.
하지만 서로 원하는 바가 다르다면
내적 갈등이 생기게 돼요.
그런 상황에서 우리는 다른 사람의 의견에 따라야 할까요,
아니면 나 자신만을 생각해야 할까요?

항상 중요한 것은 균형입니다.
만약 하나를 희생시키면서
계속해서 다른 하나를 선택한다면,
그 결과는 아마도 뻔할 거예요.

사회의 흐름에 순응하며 살아가기는 쉽죠.
그러나 사회의 흐름과 다르게 살아가는 것은 무척 어렵답니다.

정상적인 행동

Normality

사람들은 누구나
정상적인 행동과 비정상적인 행동에 대해
나름의 잣대를 가지고 있어요.
대개 이러한 잣대는 편협한 것이지요.

그 잣대가 우리의 삶을 이끌어 주는
규칙 같은 것이기는 하지만 말이죠.
만약 다른 규칙을 따라 살아가기로 결정한다면,
눈에 보이지 않는 사회의 압력을 느끼게 될 겁니다.
예를 들어, 예전에는 채식주의자가 된다든지,
남성이 아이를 돌본다든지, 여성이 대기업 중역이 되는 일은
비정상적인 범주에 속했지요.
'정상'이라고 여겨지는 것에 대해
의문을 제기해 보지 않는다면,
우리 사회는 더 이상 발전할 수 없을 겁니다.
사실 우리 사회를 이끌어가고 있는 사람들은
현재 우리가 '비정상'이라고 치부해 버렸던 그런 부류예요.
사회의 흐름에 순응하며 살아가기는 쉽죠.
그러나 사회의 흐름과 달리 살아가는 것은 무척 어렵답니다.

의사소통 방식

**사람들은 저마다
나름의 의사소통 방식을 가지고 있어요.**

어떤 사람은 사실만을 전달하는 반면
또 어떤 사람들은
그 사실과 관련된 전후 상황도 함께 말하기를 즐겨 하지요.
어떤 사람들은 진실만을 말하지만,
어떤 사람들은
다른 것들을 조금 덧붙여 꾸며서 말하기를 좋아하지요.
만약 상대방이 사실만을 알기 원한다면
전후 상황을 소상히 묘사하거나 윤색해서 전달하는 것은
쓸모없는 일이예요.

다른 사람과 대화하는 게 조금 어렵다면,
의사소통 방식을 좀 바꾸어 보세요.
상대방과 내 스타일을 이해하게 된다면,
좀 더 재미있고 효율적으로 소통하게 될 겁니다.

받는 태도

Receiving

"선물을 받는 것보다 주는 것이 더 좋아"라고
말하는 사람들이 있어요.

분명히 선물을 주는 사람은
그 과정에서 기쁨을 누리게 될 겁니다.
하지만 선물을 받고도 받은 사람이 기뻐하지 않는다면,
주는 사람의 기쁨도 많이 감소할 거예요.
받는 사람이 오히려 미안해 한다면,
주는 사람이 선물을 주는 이유를 시시콜콜 설명해야 하고
그 과정에서 주는 기쁨도 반감될 겁니다.
결국 양쪽 모두에게 득이 될 것이 없죠.

선물을 받을 때 가장 좋은 반응은
그저
"감사합니다, 정말 고맙습니다"
라고 하는 거예요.

차라리 상대방을 기분 좋게 하려면 어떻게 해야 하나 생각해 보는 게 어떨까요?

전략 수정

Changing Tactics

누군가 내 신경을 건드리면,
이유를 불문하고
그 사람을 깔아뭉개고 싶은 충동을 느끼게 됩니다.
제발 내가 싫어하는 행동일랑 그만 좀 하길 바라면서
애써 무시하게 돼요.
그러나 그것도 하루이틀이지
그들 입장에서 보면 관계가 소원하게 느껴질 거예요.

상대방이 행복할 때,
우리도 원하는 것을 얻을 확률이 높아질 거고요.
상대방의 기분을 상하게 해 봤자
우리가 원하는 것을 얻지 못하게 될 테니,

차라리 상대방을 기분 좋게 하려면
어떻게 해야 하나 생각해 보는 게 어떨까요?
충분히 시도해 볼 만한 가치가 있다니까요.

나의 감정

Emotions

타인의 행동이 불편하게 느껴져서
그것을 지적하고 싶을 때,
부정적인 감정을 최대한 억제하고
담담하게 이야기할 수 있다면
관계에 크게 도움이 될 수 있을 거예요.

사람들은 보통 지적을 당하면 거부 반응을 보이기 쉽죠.
자신에 대한 부정적인 지적은
사람들로 하여금 방어하게 만들어 버린답니다.
문제를 해결하기는커녕
부정적인 감정 자체가 대화의 중심이 될 수도 있거든요.

　　기분 나쁜 감정을 자제하고
　　상대방의 행동에만 초점을 맞춰
　　조리 있게 설명할 수 있다면,

　　상대방은 내 말에 귀 기울이고
　　문제도 산뜻하게 풀릴 수 있어요.

질투

Jealousy

누군가를 질투한다는 것은,
나는 갖고 싶지만 갖지 못한 것을
상대방이 갖고 있기 때문에 생겨나요.
이러한 마음 상태는
우리에게 정말 안 좋은 영향을 끼칠 수 있지요.

질투는, 질투하는 당사자가 두려워하는 바로 그 문제들을
관계 속에서 드러나게 만들지요.
질투의 화신이 우리의 생각과 행동을 지배하게 되면,
결코 원하는 일이 아닌데
다른 사람들이 우리 곁을 떠나가게 만들어 버려요.

그러니 우리는 질투심이 들 때에는
정신을 바짝 차리고 경계하도록 해요.
질투는 우리가 원하는 것을 가져다주지 못합니다.

우리를 비참하게 만들 뿐이죠.

그러니 스스로에게 굳센 믿음을 가져 보세요.
당신에게 다가올지도 모를 그 기회를 잡을 수 있을 거예요.

가능성

Potential

사람은 누구나
진정 탁월해질 수 있는 잠재력을 가지고 있습니다.
그렇게 될 수 있는 유일한 방법은
그렇게 될 수 있다고 스스로를 믿는 거예요.

그런 믿음이나 기대는 우리가 알고 있거나
현재까지 경험했던 것에 근거하는데,
어쩌면 우리는 우리가 생각하는 것보다
훨씬 뛰어난 잠재력을 가지고 있는지도 몰라요.
자신의 잠재력에 대해 한계를 지어버린다면
앞으로 다가올지도 모르는 기회를 놓칠 수도 있어요.
그리고 우리의 삶은 우리가 지껄인 대로밖에 안 될 겁니다.

그러니 스스로에게 굳센 믿음을 가져 보세요.
당신에게 다가올지도 모를
그 기회를 잡을 수 있을 거예요.

무조건적인 사랑

Unconditional Love

부모자식 관계는
세상 어디서도 찾아볼 수 없는 그런 귀한 관계입니다.
부모는 어떤 일이 있어도 자식들을 사랑하지요.
이것이 '무조건적인 사랑'이에요.
무조건적으로 사랑을 베푸는 능력이야말로
하늘이 내린 가장 위대한 선물이며,
사람에게는 누구나
그러한 힘이 있다는 것을 깨달아야 합니다.

타인에게 무조건 사랑을 베풀게 되면,
우리의 영혼은 한층 성숙해질 거예요.

아마도 우리 삶의 궁극적인 목표는,
우리 생애에서 만나는 모든 사람들을
무조건적으로 사랑하는 것일 겁니다.

누구나 무조건적인 사랑을 받을 만한 가치가 있고,
또 무조건적인 사랑을
베풀 수 있는 능력을 가지고 있답니다.

귀환 불능 지점

Burning Bridges

미래에 무슨 일이 일어날지 우리는 아무도 몰라요.

우리의 삶을 한번 돌아보세요.
앞으로 절대 함께할 일은 없으리라 여긴 사람은 없는지요?
또 '나는 절대 그런 일은 안 할 거야'라고 생각한 일은
없었을까요?
앞으로 어떤 사람들을 만나고
또 도움을 받게 될지는 전혀 알 수 없답니다.
따라서 후회할 일을 만들지 않는 게 좋아요.

> 상대방에게 상처를 주는 것은
> 관계를 틀어지게 할 뿐만 아니라
> 우리의 미래에도 해가 될 수 있거든요.

지금 올바른 결정을 한다면,
훗날 우리에게 피해가 돌아가지는 않을 거예요.

여덟.
최선을 다하는 삶

·

Soul Food for the Heart

최선을 다하는 삶

Your Best

우리는 모든 일에 최선을 다해야 합니다.
최선을 다했다면,
비록 결과가 좋지 않더라도
겸허히 받아들일 수 있을 거예요.
더 이상 잘할 수 없었을 것이기 때문이지요.
우리는 최선을 다했으니까요.
최선을 다했다고 자부한다면,
'차라리 이렇게 한번 해 볼걸…' 하는
후회로부터 자유로워질 수 있답니다.

매사에 최선을 다하다 보면,
자신의 잠재력을 발견하고
그것을 최상으로 끌어올릴 수 있어요.

그러나 최선을 다했는데도 원하는 결과를 얻지 못했다면,
나의 태도나 경험, 지식, 기술 등을 샅샅이 점검하고
어떻게 계발할 것인지 따져 보아야 할 겁니다.
최선을 다하고, 그럼으로써 우리가 얻게 될 결과 모두는
나의 통제하에 있으니까요.

목표

Goals

사람들은 목표를 정해 놓고
그 목표를 성취하기 위해 애를 씁니다.
목표를 달성하면,
어떻게든 보상이 돌아올 거라 믿기 때문이죠.
목표를 정한다는 것은
그 결과물을 얻기 위해 노력한다는 것을 의미해요.
그러나 우리를 둘러싼 환경은
항상 변화하고 우리조차 끊임없이 변하고 있어요.
따라서 어떤 경우에는 목표 달성이
자신에게 꼭 이로운 것만은 아닐 때가 있지요.
목표를 이루기 위해 많은 시간을 투자했다고 해서,
그 목표를 고수해야 할 필요는 없어요.
특히 세워 놓은 목표 자체가
더 이상 시의적절하지 않는다면 말이죠.

나의 계획이
예상하는 결과를 가져오지 못할 것 같다면,
과감히 목표를 바꾸세요,
두려움 없이!

해야 할 것 같은 일을 한다면 혹은 직관을 믿으며 살아간다면, 적재적소에 숨어 있던 기회가 우리에게 더 많이 찾아온답니다.

직관력

·

Intuition

그때 그 장소에 있었다는 이유만으로
자신에게 놀라운 일이 벌어졌다고
말하는 사람들이 종종 있어요.
사실, 기회는 아무런 계획을 세우지 않았는데도
난데없이 나타나기도 합니다.

우리는 미래를 계획하는 데
아주 많은 시간을 쓰기도 하지요.
물론 계획은 신중하게 세워야 하는 것은 분명해요.
그러나 계획을 세우느라
제때 해야 할 일을 혹은 하고 싶은 일을
놓쳐서는 안 되지요.

바로 그때,
해야 할 것 같은 일을 한다면
혹은 직관을 믿으며 살아간다면,
적재적소에 숨어 있던 기회가
우리에게
더 많이 찾아온답니다.

과도한 분석

●

Excessive Analysis

어떤 상황을 분석하느라 너무 많은 시간을 보내는 것은
시간 낭비일 수 있어요.
생각할 문제가 있다면,
사실에 근거한 정보를 수집해 가면서 분석해 보세요.
가장 좋은 방법은

우선 그 일에 관계된 사람들과
이야기해 보는 것입니다.

그렇지 않고 자신이 알고 있는 것에만 근거하여
가설을 세우고 시간을 보내다 보면
잘못된 결론에 도달할 가능성이 높답니다.
(아무것도 하지 않고)
머릿속에서만 시간을 보내는 것은 쉽지요.

그러나 올바른 결론에 도달하고 싶다면,
생각만 하기보다
사실에 근거하여 판단하려는 노력을 해야 해요.

어떤 상황을 분석하느라 너무 많은 시간을 보내는 것은 시간 낭비일 수 있어요.

동기 부여

Motivation

사람들은 자신의 신념과 가치, 지위나 배경, 환경에 따라
제각기 다른 것들로부터 동기 부여를 받습니다.
그것은 나이가 들어감에 따라 또 달라지지요.
따라서 어떤 사람에게 무엇이 동기를 부여해 줄지에 대해
쉽게 판단해서도 안 되며,
또 그 대상이 나와 다르다고 해서
그 사람을 쉽게 평가해서도 안 된답니다.

동기 부여가 되면,
보다 많은 것을 성취해 낼 수 있어요.
그러니 우리를 자극하는 것이 무엇인지 알게 된다면
크게 도움을 받게 될 거예요.

동기 부여가 보장된다면,
우리가 목표한 것을 성취해 낼 가능성이
훨씬 높아질 겁니다.

끝까지 미루기

·

Last Minute

마지막 순간까지 일을 미루다 보면 위기에 닥칠 수 있어요.
앞으로 우리에게 닥쳐올 일을
우리는 전혀 예측할 수 없어요.
마지막까지 미루어 놓은 일을
허겁지겁 처리하느라 정신없을 때,
'인생의 도전'까지 받게 되면
매우 엄청난 스트레스에 시달리게 될 거예요.
그리고 이런 상황에서는
평소처럼 일을 제대로 마무리하기도 버겁겠지요.

그러니, 정해진 데드라인보다
일을 먼저 끝낼 수 있다면,
미루지 말고 그렇게 하세요.

데드라인보다 일을 먼저 끝내기 힘들다면,
스트레스 관리를 잘 하시고요.
그렇게 해야만
당신의 행복과 일의 성취감에 도움이 될 겁니다.

지금까지 시도해 본 일이 그리 효과적이지 못하다면 방법을 바꿔 보세요.

끈기

Perseverance

"처음에 성공하지 못한다 해도, 계속 시도하라"
라는 말이 있어요.
인생의 목표를 성취하는 데 있어 끈기는 매우 중요해요.
그러나 만약 특정 방식으로는
원하는 결과를 얻어내지 못한다는 결론에 도달했을 때에는,
그 방식을 바꾸는 것도 심각하게 고려해 보아야 합니다.
어떤 사람은 무모함에 대해 이렇게 말하지요.
"다른 결과를 원하면서도
똑같은 일을 계속 반복해 시도하는 것."
그러니, 끈기 있게 일을 밀고나가라고요.

그러나 지금까지 시도해 본 일이
그리 효과적이지 못하다면
방법을 바꿔 보세요.

그럼에도 불구하고 계속 성공하지 못한다면,
당신이 노력해서 얻어내고자 하는 성과가
과연 합당한 것인지에 대해서도
근본적으로 검토해 보는 게 좋을 거예요.

책임감

·

Responsibility

우리의 인생은 전적으로 우리 책임입니다.
어떤 일이 벌어졌을 때,
자꾸 남 탓을 하다 보면
결코 우리 인생은 개선될 수 없을 거예요.
또 만족스러운 삶을 살기 위해
해야 할 일을 자꾸 놓치게 될 겁니다.

설사 그 일이 내 탓이 아니라
다른 사람 때문이라는 생각이 들 때에도,
그런 생각은 긍정적인 영향을 주지 못합니다.

나 스스로 노력해서 만들어 내는 것만큼
그 어느 누구도 만족스러운 미래를
우리에게 선사하지는 못할 테니까요.

변화

·

Change

인간은 습관의 동물이며,
익숙한 것을 좋아하는 경향이 있습니다.
익숙함이
인간에게 안전함과 편안함을 가져다주기 때문이지요.
별다른 문제없이 일상생활이 흘러가면
일종의 자부심을 느끼기도 하지요.

변화는 여러 가치 측면에서 우리에게 큰 영향을 미칩니다.
부정적인 변화는 그다지 유쾌한 일이 아니지만,
긍정적인 변화 또한 만만치 않아요.
어떤 변화가 있어야 한다고 마음속으로 되뇐다 해도,

실상 우리 삶이 변화한다는 것은
우리가 그 변화에 적응해야 한다는 것을 의미합니다.

따라서 변화의 시기가 오면,
세심한 주의가 필요하지요.

목표를 달성하려면 유혹에 견뎌 내야 하지요.

유혹에 견뎌 내기

Resisting Temptation

목표를 달성하려면 유혹에 견뎌 내야 하지요.

우리는 대개 두 가지 큰 장애 요인 때문에
유혹을 물리치는 데 실패하게 됩니다.
첫 번째 장애는, 이번 한 번 유혹에 넘어간다고 해서
그리 큰일은 일어나지 않을 거라며
스스로 합리화하는 것이고요.
두 번째 장애는 유혹에 맞닥뜨렸을 때
궁극적인 목표를 망각해 버리는 겁니다.
{ 그러나 한번 유혹에 굴복하게 되면,
또다시 유혹에 넘어가기 쉬워져요. }
그러므로 궁극의 목표를 애써 잊지 않도록
여러 조처를 취하는 것은 정말 중요해요.
목표를 종이에 써서 항상 몸에 지니고 다니거나,
쳐다보면 상기할 수 있도록
표지를 차고 다니는 것도 좋을 거예요.
우리가 진정 원한다면 성공하기 위해
필요한 모든 것을 할 수 있을 겁니다.

도피

Escape

당신이 지금 행복하지 못하다고 느끼면,
현재 그곳을 떠나 어디론가 도피하려 할지도 몰라요.
그러나 어디로 떠난다 한들 장소만 바뀌었을 뿐
불행한 느낌은 계속 남아 있을 거예요.
환경을 바꾸기 위해서는 엄청난 노력이 필요하죠.
그런데 그런 노력이 그다지 효과가 없다는 것을 알게 되면
그때는 정말 더 견디기 힘들어지겠지요?

불행으로부터 탈피하기 위해 환경을 바꾸기보다는
불행 그 자체에 한번 초점을 맞추어 생각해 보세요.

우리가 처한 그 자리에서 행복해질 수 있다면
어디에 가서도 행복할 수 있을 겁니다.

호르몬

Hormones

우리는 모두 호르몬의 지배를 받습니다.
그런데 그 호르몬 때문에
때로는 부적절하다고 생각되는 방향으로
행동하게 될 때가 있지요.
그럴 때일수록 올바른 결정을 내리기 위해
논리적 사고와 상식에 근거해 일을 처리해야 합니다.

당장에는 감정대로 일을 처리하는 것이 쉽기는 해요.

그러나 그것 때문에 일이 틀어지기라도 하면
되돌리기 위해서 엄청난 공을 들여야 한답니다.
올바른 판단을 하기 위해서는 노력이 필요하지요.

물론 호르몬은
그 반대로 행동할 만한 아주 좋은 핑계를 제공해요.
그러나 그 결과는
모두 우리 몫이에요.

우리가 하고자 하는 일에 대해 먼저 계획을 세워 보는 것이 더 효율적일 때가 있어요.

계획

Plan

시간이 좀 들기는 하지만,
우리가 하고자 하는 일에 대해
먼저 계획을 세워 보는 것이 더 효율적일 때가 있어요.

슈퍼마켓에 장보러 갈 때
쇼핑 리스트를 작성해 보는 것이 한 예입니다.
리스트가 없다면, '내가 뭘 사려고 했지?'라며
기억을 더듬어 모든 상품들을 쭉 훑어보느라
진열대마다 어슬렁거리게 될지도 모르죠.
그리고 나서도
아마 무언가는 빠뜨리고 그냥 오게 될 겁니다.
하지만 리스트를 만들게 되면,
필요한 것만 정확하게 살 수 있고,
또 잊고 사지 못하는 일도 없을 것이며,
불필요한 것을 충동구매하는 일도 없을 거예요.

목록 작성에 처음에는 시간이 좀 들기는 하겠지만,
나중에 시간과 돈 모두 절약할 수 있지요.
그러니 계획은 세울 필요가 있는 셈이지요.

무위(일부러 아무것도 하지 않기)

Inaction

나의 행동에 대해 내가 책임을 진다는 것은
쉽게 받아들일 수 있지요.
내가 한 행동으로 인해 어떤 일이 생긴다면
당연히 그 일에 대해 책임을 져야 하지요.
그런데 우리가 일부러 하지 않은 일에 대해서도
동일한 원칙이 적용됩니다.

우리가 아무것도 하지 않는 바람에
어떤 일이 벌어진다면,
그것에 대해서도 책임을 져야 합니다.

어떤 경우, 아무것도 하지 않는 것이
부정적인 결과를 초래하기도 해요.
어떤 일을 예방하기 위해
어떤 행동을 취할 수 있었음에도 불구하고
그렇게 하지 않았다면,
그 결과 생겨난 일에 대해서 책임을 져야 합니다.
눈에 보이게 한 행동뿐만 아니라
하지 않은 일에 대해서도 책임을 져야 하는 것입니다.

인생의 질서

살다 보면 내 인생이 엉망진창처럼 느껴질 때가 있어요.
단순한 일인데도 시간에 쫓겨 차일피일 미루다 보면
내가 제대로 살고 있는지 의심스럽기도 하지요.
생활을 점검해 보면 가장 기본적인 것도 챙기지 못하고
정리가 안 되어 있는 것을 발견하게 되죠.
이쯤 되면 스트레스가 폭발합니다.

이럴 때에는 시간을 조금 내서
생활의 질서를 바로잡는 것이 필요해요.
......
일단 전후좌우 질서를 챙기고 나면,
머릿속이 환해지고
곧 다시 삶의 통제력을 회복하게 될 거예요.

텔레비전 보기

Television

밤마다 텔레비전을 끌어안고
뒹구는 습관에 빠지기가 쉽습니다.
춥고 어두운 겨울밤에는 특히나 그렇지요.

하지만 잠시 둘러보면
텔레비전 보는 것 말고 할 수 있는 일이 주변에 꽤 많아요.
텔레비전 시청이 습관이 되면
그것 말고는 다른 생각을 하기가 점점 힘들어지고
멋진 일들을 놓치게 될 겁니다.
훨씬 더 유익하고 재미있는 많은 일을 하면서
밤을 보낼 수 있는데 말이죠.

무슨 일을 할 수 있을까 알아보는 가장 좋은 방법은
바로 당장 텔레비전을 끄는 겁니다.

그러면 뭔가 다른 일을 하고 있는 자신을
발견할 거예요.

바로 당장 텔레비전을 끄면, 뭔가 다른 일을 하고 있는 자신을 발견할 거예요.

먹거리

•

Food

에너지를 얻으려면 음식을 섭취해야 하지요.
그래야 살아갈 수 있으니까요.
한편 어떤 사람들에게 음식은 다른 역할을 하기도 합니다.
다른 이유로 음식이 필요하다는 말이죠.
예를 들어,
편안한 마음을 느끼기 위해 먹을 것이 필요한 사람도 있고,
또 어려운 일을 성취한 뒤
자신에게 주는 보상의 의미로
음식을 생각하는 사람도 있지요.
그런데, 이런저런 이유로 음식을 먹다 보면
필요량보다 더 많이 먹게 되고
그 결과 몸이 힘들어집니다.

몸이 필요로 하는 것보다
더 많은 양의 음식을 섭취하고 있다면,
음식이 당신의 삶에서 어떤 역할을 하는지
곰곰이 생각해 보세요.
음식 말고 다른 곳에서 삶의 충족감을 얻을 수 있다면,
섭취량은 자연히 줄어들 거예요.

 **사랑**

Love

연인에게
그를 사랑하고 있다는 것을
보여줄 수 있는 방법이 무엇일까
한번 생각해 보세요.
그의 존재를 당연한 것으로 생각하고,
내가 사랑한다는 사실을
그가 알겠거니 믿으며
무감각하게 살아가는 경우가 흔히 있죠.
그를 사랑한다는 사실을 그도 알고야 있겠지만,
때때로 나의 사랑을 확인시켜 주는 것이야말로
그를 정말 기분 좋게 해 줄 거예요.

내가 그를 얼마나 사랑하는지
좀 더 많이 보여줄걸 하고
후회하는 일이 없기를 바랍니다.

우리에겐 사랑을 보여줄 기회가 얼마든지 있어요.
그러니 지금 최선을 다하도록 해요.

후 기

이 책을 만드는 데 꽤 오랜 세월이 흘렀습니다. 저희는 그동안 몇몇 작업을 같이해 왔는데,『소울푸드, 내 영혼의 양식』이라는 이 아름다운 책을 함께 만들게 되어 더욱 즐거웠습니다. 이 책을 만드는 세월, 저희 둘은 모두 현장에서 학생들을 가르치는 일에 몸담고 있으며 일상에 쫓겼습니다. 그런데 책으로부터 뿜어져 나오는 영감을 더듬으며 허둥거리던 일상의 리듬을 한 박자 늦출수 있었습니다. 케이트 키픈버거의 짧은 '영혼의 외침'은 우리의 삶 자체를 변화시켰습니다.

이 책에 들어 있는 그림들은 〈MOTION & EMOTION〉, 〈BUTTERFLY & DESIRE〉 등 네 번의 개인전을 위해 마련했던 것입니다. 이번 기회에 다시 세상 빛을 보게 되어 매우 기쁘게 생각합니다.

독자 여러분께서도 많이 공감하시고 또 감동을 받으시기를 빕니다.

2012년 3월
옮긴이 조은·그린이 한혜영